Die Halbwitwe
und andere Geschichten

Translated to German from the English version of
The Half Widow and Other Stories

Biren Sasmal

Ukiyoto Publishing

All global publishing rights are held by

Ukiyoto Publishing

Published in 2023

Content Copyright © Biren Sasmal

ISBN 9789359206554

All rights reserved.
No part of this publication may be reproduced, transmitted, or stored in a retrieval system, in any form by any means, electronic, mechanical, photocopying, recording or otherwise, without the prior permission of the publisher.

The moral rights of the author have been asserted.

This is a work of fiction. Names, characters, businesses, places, events, locales, and incidents are either the products of the author's imagination or used in a fictitious manner. Any resemblance to actual persons, living or dead, or actual events is purely coincidental.

This book is sold subject to the condition that it shall not by way of trade or otherwise, be lent, resold, hired out or otherwise circulated, without the publisher's prior consent, in any form of binding or cover other than that in which it is published.

www.ukiyoto.com

Inhalte

Die Halbwitwe	1
Paan Pata Mukh	18
The Naked	34
Die Ameise	49
Das Wazawan	65

Die Halbwitwe

Dieses nie dagewesene Königreich hat kein Postamt.

Es ist lange her, dass Berichten zufolge keine Briefe hereingeströmt oder herausgekommen sind.

Hier schreibt keiner der Probanden Briefe.

Kann wahr sein. Möglicherweise nicht.

Die Leute sagen, da ist ein riesiger Briefkasten mit Briefen. Einige sagen, dass sie eine Schar von trauernden Müttern gesehen haben, die darum baten, ihre Briefe in einer mondgeschützten Nacht fallen zu lassen. Aber sie verschwanden in dunklen Farbtönen. Ein Achtzigjähriger, der auf einem Hügel stand, sah einen digitalen Vogel, der versuchte, etwas auf seinen Flügeln zu tragen, aber die Haustierfalken des Königs schlugen ihn in den Tod.

Also kein einziger Vogel fliegt rein oder raus.

Die Männer des Königs veranstalteten eine Party ihrer bewaffneten Landsleute und sangen :

Fakes und Lügen, Fakes und Lügen

und Gebräue. Schau, die Skorpione kriechen.

Und die Nichtigkeiten,

Peep. Verdacht schleicht sich in die Seele!

Herd und Häuser. Blumen - im Garten da drüben

Rieche Sezession…..wow…..Sezession und die Hölle, …..wow!

Loslassen loslassen loslassen…. Ha ha ha…. All the hell…..veritable…..

"Leben Nicht-Entitäten hier…? Hölle, Hölle und Hölle ! Wir sind alle Geister.

Fragt sich Samira, die zwölfjährige Tochter von Jara.

"Dann ist mein Vater auch ein Fake, eine Nichtigkeit?"

Samira notiert die Zeilen in ihrem Slam-Book.

Samira schluchzt. Vergeblich versucht sie, eine Skizze ihres Vaters zu zeichnen. Ausbrüche:

"Nein, er war nie in der Vergangenheit gewesen, weder jetzt noch in Zukunft", wird sie von Lügen gelangweilt.

Ihre Augen wanderten über ihr Stroh, ihren kleinen Küchengarten, ihre Oma, ihren Großvater, der auf ihrem dünnen, zerkratzten Hof schmachtete. Dann murmelte sie: Alle sind Lügen ... alle....

Jara eilte auf Samira zu und schnappte sich im Handumdrehen ihr Slam-Buch.

"Worüber zum Teufel kritzelst du?"

Samira antwortet nicht. Sie wirft nur einen seltsamen Blick auf ihre Mutter.

Jara stöhnt innerlich: „Hm! Ein blühender Lotus des jenseitigen Teiches,

Wie kann ich dich schützen?"

Sie wirft einen kurzen Blick auf Samira.

"Schau, nimm dein Mittagessen mit Oma ein. Chapatis und Achar (Mango Gurke) werden in der Auflaufform aufbewahrt. Pass gut auf deinen Bruder auf. Bring ihn wenigstens zum Fressen. Ich bin einfach weg."

Ja, Jara muss in die Hauptstadt eilen. Jara rennt seit Jahren in dieser kleinen Stadt im Norden hin und her und ist alt geworden, obwohlsie erst fünfunddreißig ist.

Wenn Sie an dieses nirgendwo zu findende Land kommen, stoßen Sie auf kleine gemütliche Hütten - mit Stacheldraht und elektrischen Zäunen – Waffen ragen aus ihren vernetzten Dächern wie einige Gräber, die einen blauen Himmel bajonieren. Sie werden auf Wachposten und bewaffnete Wachen stoßen, die hier und da verstreut sind, wie Köpfe, die in schlammige Teiche getaucht sind. In jedem zwölften oder dreizehnten Meter finden Sie einen Chowki oder Checkpost. Die Insassen nennen es liebevoll "Festung", während die Barrikadengefangenen es "Der Bunker des Königs Hottoler" nennen.

In welche Richtung du dich auch bewegst, du wirst die Augen einer Waffe finden. Waffen bewegen sich, schreien und schießen nach Belieben. Jara ging mit einer außergewöhnlichen Geschwindigkeit auf die Autobahn zu. Sie stieg in einen Bus. Sie wurde mehrmals gescholten, trotzte der Kordonwand aus Sicherheitsleuten und hielt einige Male an, um sie zu befragen. Endlich erreichte sie das heilige Ziel. Diesmal beruhigte eine kühle Willkommensbrise ihre müden Nerven. Sie atmete voll durch. Das üppige Grün in der Umgebung und die kühlen Wellen von den Berggipfeln in der Nähe ließen sie eine Weile lächeln. Im nächsten Moment war Jara sich bewusst, was zu tun war. Sie sollte den Magistrat treffen. Sie hatte gehört, der Magistrat sei ein Ehrenmann. Ein geduldiger Zuhörer der Sorgen der Menschen. "Er wird sicherlich auf meine Schreie antworten."

Unterwegs hatte sie eine Reihe von Apfelplantagen passiert – eine riesige, langgestreckte, kupfergrüne Linie von wilder Schönheit am Fluss. Jara nennt den Fluss eine „trauernde Mutter", die viel Blut gesehen hat – riesige Körper von Menschen, die wie alle wegwerfbaren Müllsäcke in ihren Schoß geworfen wurden. Sie war fassungslos und schockiert, als sie die Leichen von Teenagern sah, die von den bewaffneten Besatzern jeder Ecke in ihren belasteten Schoß geworfen wurden. Nacht für Nacht hörte sie den Schreien verlorener Seelen zu. Zu ihrer völligen Bestürzung blickte sie in die mit Hizab bedeckten Gesichter geisterhafter Totengräber, die zahllose erschossene Menschen schreien begruben. Und der ausgewählte Anblick war die Weide am Fluss. Jaras Schwiegermutter sagte einmal: Der Fluss trägt unsere Sünden in ein Land jenseits der Berge. Dort trifft sie ihr Gegenüber und weint gemeinsam.

Sie erhält den Befehl, an der kugelsicheren Haustür des Amtsgerichts anzuhalten.

Umgeben von einer Truppe von Polizisten, Spürhunden, Militärs und paramilitärischem Personal und von Hizab-gedeckten Spionen wird sie brutal gefragt: „Kidhar ja rahi ho" (wohin gehst du?)

"Um den ehrenwerten Richter zu treffen".

"Das wird er nicht."

"Warum wird er es nicht tun? Er ist ein Staatsdiener, nichtwahr?"

"Ist er ein Offizier, der einen Cent wert ist? Nein. Er ist ein Richter, seien Sie sicher."

"Ich habe seit langen sechs Monaten gewartet. Ich habe ein paar hundert Dollar ausgegeben, um hin und her zu rennen. Ich werde ihn heute treffen - ich meine diesen Tag."

Ein Unteroffizier der Royal Patriotic Rifles rückte bedrohlich vor.

Er drehte seinen schleifenartigen Schnurrbart und spuckte die Tabakreste aus seinem Mund aus.

"Was ist dein Geschäft?"

"Ich werde direkt mit Sir sprechen."

"Du wirst ihn nie treffen können. Geh zurück."

"Das werde ich heute. Oder ich werde meinen Körper in Flammen setzen - hier, in diesem öffentlichen Raum."

"Okay, kommen Sie zu einer Einigung."

"Abgemacht ?"

„Wenn du zustimmst, wird alles festgelegt. So ein Vorbild an Schönheit bist du! Warum wird dir die Sahib nicht begegnen? Komm am Abend, ich bringe dich persönlich zum Sahib, verstanden?"

"Hey, Deal Baba, ich treffe ihn sofort."

"Hoi ho, die Elefanten und Pferde sind in den Abgrund gegangen, aber der Esel sagt:"Ich wage es!"

"Möchtest du das sehen? Dies ist ein Gerichtsbeschluss. Mein Anwalt hat auch eine Kopie. Wirst du dagegen verstoßen?"

Das königliche Gesicht erstarrte.

Schließlich wird Jara eingelassen. Sie muss eine labyrinthartige Höhe von Böden aushandeln und bittet dann, in einer Enklave zu warten. "Bis jetzt und nicht weiter. Sahib wird dich anrufen."

Ihrem Eifer und ihrer Angst erlag sie. Sie sieht Hunderte auf dem Boden hocken. Ihre Gesichter waren auf ein fernes Morgen fixiert. Sieht stumpf aus, die Augen zeigen eine Million Jahre Schlaflosigkeit.

Jara lehnt sich an die Ecke einer Außenwand. Fühlt sich schläfrig an und kannnicht anders, als in den Schlaf zu schmelzen.

Sie halluziniert.

Sie ist auf Urlaubsreise. Begeistert fühlte ich, wie die Apfelsträucher vorbeizogen und dann wieder schmolzen. Aber, oh! "Ich bin überrascht, die Apfelbäume sind alle tot - mit Blättern, die alle verdorren! Blut ohne Tricks aus reifen Äpfeln fallen gelassen und verstümmelt!

Und Meilen weiter stehen sie alle nackt und warten auf etwas! ....In ihrer unerwünschten Siesta erinnert sie sich an die Worte Hamids, die gebrochenen Saiten seines Gedichts:

> Öffne deine Augen und sieh zu, wie die Schüsse zischen
>
> Schließe deine Augen und sieh, wie die Schüsse dröhnen
>
> Wer weiß, ob du ein Mensch bist oder nicht
>
> Trage deine Leichen auf deinen Schultern, ho!
>
> Wohin du gehst, gibt es auch Cordon und Awe
>
> Siehst du, die Krähen sind zum Krähen zum Schweigen

gebracht worden!"

Erinnerungen fallen herunter wie das Abwerfen der Blätter von Chinar. Sie fallen unaufhörlich.

Niemand weiß, dass Jara mit einem trockenen Chinarblatt lebt, das heimlich in ihrer Nähe aufbewahrt wird. Sie bewahrt es mit Sorgfalt und einer Vorliebe auf, die sie sich nicht erklären kann. Aber warum in diesem Moment?

Plötzlich schreitet ein Tag schnell voran – ein Tag mit Schnee, Regenbogen und einem Spross. Von? Ein Sonnenstrahl platzt aus einer schneebedeckten Wolke. Die Sonne füttert den Spross.

Thatafternoon. Eine Abkühlung vom College und eine sterbende Sonne, die am Horizont verschwindet. Nach Hause zu kommen ist eine Vergnügungsreise. Du plapperst, kicherst unnötig, schwelgst in Träumen von deinem Schwarm. Sie planen für Ihre Zukunft, haben aber Angst vor dem "May Happens". "Du hast Angst vor den Bunkern, vor den Launen der königlichen Offiziere. Du bist ein kleines

Mädchen, hilflos und ein großes, niemandes Königreich wird größer und größer, um dich einzukreisen! An diesem Nachmittag war Hamid bei ihr, während andere sich schnell zerstreut hatten. Plötzlich wurde ein einsames Chinarblatt gesehen, das hilflos mit dem heftigen Wind kämpfte, um den Boden zu erreichen. Endlich sahen sie es auf ihre beiden Handflächen fallen, mit Schalen. Sie lächelten. Sie sahen sich an. Schüchtern, dann laut lachend, Schneeflocken aufeinander werfen und zum ersten Mal berührt Hamid die makellos milchigen Hände von Jara mit schlanken Fingern... Weder Hamid noch Jara ließen die Finger davon. Sie schienen sich für einen größeren Moment gegenseitig die Wärme zu saugen. An diesem Nachmittag bekam Jara die ersten Schauer. Da die Gesellschaft, in der sie lebten, konservativ war und die freie Vermischung weit entfernt war, hielten sie die Wärme für einen langen Moment am Leben; sie wollten das Gold nicht verlieren. Dennoch blieben die männlichen Hände von Hamid auf Jaras... Noch immer roch Jara das "Er", seine aquiline Nase, sein weißlich-karmesinrotes Gesicht, seine scharfen Geplänkel, während er seine Hände weit ausstreckte...

Jara weinte in diesem Moment.

»Warum, Liebes?« Hamid konnte die Tränen nicht ertragen.

Ihre Tröpfchen der Tränen berührten das Kinn von Hamid. Sie hingen kristallartig an seinem windigen Bart.....ein Schlag brach seine Siesta.

Der Ruf nach Inquisition winkte Jara in diesem Moment.

"Jara Ahmed - ?"

Sie sprang auf und betrat den Raum wie ein Sturm.

„Hab Geduld. Atmen Sie bequem und sagen Sie mir dann, was ich für Sie tun kann." Der Magistrat sah freundlich und zuversichtlich aus.

„Sahib, ich bin eine unglückliche Frau.......

„Okay, okay! Sammle dich selbst. Weine nicht."

„Sir, mein Mann Manzoor Ahmed wird seit neunzehnhundertneunzig Jahren vermisst.

"Los geht's"

"Sir, es ist sieben Jahre her, seit er weg ist, und doch haben sie meinen Mann nicht nach Hause geschickt. Aber sie versprachen, während sie ihn wegschickten, dass er innerhalb einer Stunde zurückkehren würde......Seitdem hatte ich jede Polizeistation in der Nähe besucht, mich bei jedem Stationshausbüro erkundigt, eine Reihe von Lagern der königlichen Armee besucht......war zu jeder AUSGRABUNG geeilt, IG und mit gefalteten Händen, flehte; Sir, bitte geben Sie mir zumindest einen Hinweis, damit ich mir seines Todes sicher sein kann, oder......Sie zögerten, meine TANNE zu lagern, erst nach der gerichtlichen Anordnung taten sie es, aber sie sorgten für Aufregung, inszenierten ein Drama und sagten: „Nichts wird aus dieser TANNE herauskommen, nichts wird sie ergeben"!

Der Richter hörte eifrig zu. Anscheinend sah er verwirrt aus.

„Sir, Sie sind unser Vater oder unsere Mutter! Du hast die Milch der menschlichen Güte. Ich habe zwei kleine Kinder. Wie kann ich sie füttern? Mein Mann war der einzige Brotverdiener in der Familie..."

Der Magistrat hatte einem Patienten zugehört. Aber jetzt hielt er sie auf.

"Dies ist der Name, die Adresse und die Handynummer eines meiner Anwaltsfreunde. Besuche ihn am Obersten Gerichtshof. Keine Sorge, Geld ist keine Einschränkung. Er kann etwas für dich tun. In der Zwischenzeit werde ich mit ihm reden."

"Sir, können Sie meinen Fall nicht mit dem ehrenwerten Chief Minister besprechen?"

„Tausende von Fällen sind anhängig. Es ist wahr, ich kann nicht allen gerecht werden. Die Sache liegt bei der Armee. Gehen Sie legal vor, wenn Sie Gerechtigkeit wollen. "

Ein besiegter Jara kehrte nach Hause zurück. Sie beschloss, das Gericht zu verlegen.

Sie verkaufte den goldenen Armreif, den sie trug. Fishing out the little money she saved in her portmanto. Sie brauchte noch mehr. Ging zu ihrer Schwiegermutter. Aber ihr Schwiegervater Imtiaz Ahmed zeigte ein Nichts.

"Diese Art von Umzug von einer Hausfrau? Ich werde es nicht zulassen. Das ist unislamisch. Er rief: „Unsere Familie ist respektabel. Was willst du von uns?"

"Ich brauche etwas Geld, um meinen Fall zu bekämpfen, Abba."

"Du wirst nie Erfolg haben. Ihr armybale karne nehi denge. (Diese Armeeangehörigen werden es dir nicht erlauben, dich einen Zentimeter zu bewegen."

"Lass mich ABBA ausprobieren - ?

"Ich werde nicht zulassen, dass du dich unter diese stürzenden Männchen mischst, verstehst du!"

Imtiaz Ahmed zog mit gerötetem Gesicht in den Gemüsegarten. Aber er war fassungslos, als er sah, wie sein Enkelkind vor dem Bildnis der bewaffneten Soldaten des Königs Steine schwärmte. "Hey, willst du sterben? Willst du so verloren sein wie dein Vater? Ich sterbe innerlich schon lange für meinen kleinen Sohn. Wir sind verloren. Hör auf, verrückt zu sein.»Der Junge warf immer noch Steine."Verärgert verließ Nazir Ahmed den Ort und warf dem Jungen seine Wut zu. " Hey, ich werde keinen einzigen Cent für dich übrig lassen. Dieses Stück Land, dieses arme Haus, dieser Apfelgarten – du wirst keinen einzigen Kannal bekommen!"

Jara war an der Bushaltestelle. Sie sollte in einen Bus in die Hauptstadt steigen, um ihre Gerichtsverfahren zu beschleunigen. Sie schaute zurück zu ihrem kleinen Strohdach. Die Worte ihres Schwiegervaters drückten ihr immer noch die Ohren.

„Das alles ist ein Ertrag deiner Sünde! Es ist deine Gunah (Sünde), die meinen Sohn vorzeitig geschnappt hat. Willst du Geld vom Sarkar (der Regierung) bekommen, indem du das Leben meines Sohnes verkaufst?"

Jara versuchte verzweifelt zu vergessen. Aber in diesem Moment blitzte der Tag ihres ersten Versuchs, die Fir einzureichen, zurück.

"Si chukha gamuk"? (Gehörst du zum Dorf?)

Jara konnte die Demütigung im Ton des Stationshausoffiziers riechen. Aber nichts konnte sie entmutigen. Sie war entschlossen, einzuloggen.

Der SHO zeigte ein grausames Gesicht: bhakti mati karti zai ? (hey, du tötest unnötigerweise Zeit. Das bringt nichts.)

Jara stand doppelt entschlossen da. Sie sah jetzt, wie ein Share-Jeep zum Stehen kam. Kaum hatte sie sich darauf vorbereitet, sich zu bewegen, hörte sie ein Flüstern an ihren Ohren.

"Bewege dich keinen Zentimeter auf den Platz. Bittet den Teufelshof nicht um Gnade. Geh zurück. Ungehorsam, und wir werden deine Familie auslöschen. Wird die Leiche deines Sohnes und deiner Tochter in die Vyas (Fluss Jhelum) werfen Verfolge nicht diesen unislamischen Akt von dir!"

Jara sah beeindruckt aus, schnell vier oder fünf Hizab zu finden – bekleidete Frauen, die im Augenzwinkern verschwanden.

Sie eilte zum anhaltenden Zeep, aber sobald sie bereit war, an Bord zu gehen, stürmten zwei Autos herein und umringten sie von allen Seiten. Zwei gigantische Männer stiegen aus den Autos aus. Sie winkten mit dem Zeep, um sich zu beeilen.

Zwei uniformierte Männer auch - ein Herr Malguzara, der Oberst mit einer Reihe von Abzeichen auf der Brust und der andere der Generaldirektor der Polizei schenkte Jara ein volles Lächeln.

"Hallo"?

Der Oberst brannte mit seinem rauchigen, schelmischen Lächeln.

"Hey, Khatun, geh zurück zu deinem Haus. Wir sind hier, Ihre Gäste."

„Darf ich wissen, wen Sie heute jagen werden? Ich habe in meiner Familie – meinen achtzigjährigen Schwiegervater, seine Frau, eine siebenjährige Dame, meine zwölfjährige Tochter und einen achtjährigen Sohn. Wen bevorzugen Sie, Sir ?"

"Warte, warte", sagte der Oberst.

Der ruhige und eiskalte Generaldirektor grinste Jara an: „Sieh mal, was unsere Tochter für uns hat!

Sanft fügte er hinzu: „Sehen Sie, die königliche Armee muss sich an zehn Gebote halten – von denen man sich respektvoll gegenüber den Einheimischen verhalten muss, um ihre Gefühle, ihren religiösen Glauben nicht zu verletzen –, um ihre Götter nicht zu entweihen.

Sehen Sie, verstehen Sie nicht falsch, wir sind alle Menschen – keine Tiere. Vertraue uns."

Jara war wütend.

"Erinnern Sie sich, Sir – Sie haben sich vor sieben Jahren in unser Haus gedrängt?

Hast du dann deine Gebote befolgt ? Sehr geehrte Damen und Herren, diesmal haben wir niemanden, der Ihre schmutzigen Hände füllt! Du musst mit leeren Händen zurückkehren."

„Hab Geduld, koor (Tochter). Denken Sie nur, diesmal geht es nicht darum, jemanden zu nehmen, sondern einen zurückzugeben - ! Können wir uns von dieser guten Nachricht trennen, bevor der offizielle Befehl die DG sahab respektiert?"

"Die Stimme der DG erreichte die Weichheit des Schwemmlandbodens : Colonal Sir, Sie ist ein gutes Mädchen. Ich nenne sie "meine Tochter".

"Aha! Das ist edel. Jara, ich weiß, dass du vor dem Obersten Gerichtshof stehst. Bitte rufen Sie Ihren Anwalt an, um für ein anderes Datum zu beten. Mach dir keine Sorgen um Geld ---"

"Völlig unmöglich, Sir. Wir haben für Habeas Corpus gebetet. Der ehrenwerte Richter wird heute sein Urteil fällen."

Der Oberst lachte ihre Aufregung weg.

"Meine Tochter, wird es nötig sein – "? Er hielt sein gütiges Lächeln aufrecht.

Die Generaldirektion glättete das Gelächter und sagte : Was ist Ihre Antwort, wenn wir Manzoor Ahmed morgen zurückbringen?"

Jara stand verwirrt da. Glauben oder nicht? Aber sie sah einen Regenbogen – morgen könnte es regnen. Morgen könnte dieser glückverheißende Tag sein. Sie murmelte vor sich hin: Die Menschen leben in Hoffnungen!

Hamid wurde dabei gesehen, wie er ein Pferd hinter einem Pferdewagen festhielt. Er besaß einen Stall am Straßenrand.

Er bemerkte Jara nicht.

Jetzt konnte er es.

In dem Moment, als er Jara sah, wurden seine Augen zu einer grünen Wiese.

Auch Jara war von diesem unerwarteten Treffen überrascht. Sie war auch überrascht, Hamid zu sehen. Sie sah verwirrt aus, als wäre sie wie eine Fliege in Hamids Augen verstrickt. Aber sie sammelte etwas Mut : Hamid ? Bist du hier?

Hamid : Jara – du ? zu dieser Zeit ? hier ?

Jara versuchte, Hamid zu lesen. Er blieb so, wie er immer war.

Hamid, der ewige Nonkonformist. Hamid, der ewige Revolutionär. Es war einmal ein Gedicht gegen Unterdrückung. Hatte es im Umlauf. Hatte es von Zuhörern mit seiner Baritonstimme gehört. Der gesamte Ort wurde emotional bewegt. Aber während er bei einer Versammlung rezitierte, wurde er plötzlich von den Sicherheitskräften angekettet. Er wurde ahnungslos erwischt. Was hat er in seiner Erbse vermittelt?

Jara erinnert sich lebhaft:

„Der Monat Falguna erinnert mich an Aga shahid Ali – den vorzeitig verstorbenen Dichter. Dieser Monat fällt mit dem Monat zusammen, in dem Faiz Ahmed geboren wurde. „Oh meine geliebten Dichter,/ gebt diesen Massen eure Stimme,/ euren Mut und eure Widerstandskraft. Stehen wir auf wie der Pir Panjal. Lass diese Täler, die Gally, den Fluss mit deinem Gesang überfluten, lass die Quellen ihr Wasser zurückbekommen."

Jara konnte sich lebhaft erinnern:

.........i cho rosulmir Shahabad dur re

   tami chho trov matte lo la

   du-kan

   ibhu ash-kau che bhu tor re tor re

   mai chho mu-re la-la-bhul nar---"

"Das bin ich - Rosulmir. Er wohnt in Shahabad Doru.

Er hat einen Laden für die Liebesbeladenen eröffnet. Komm mit, du Liebeskummer. Nimm einen Schluck Liebe aus dieser Tasse Nektar. Komm mit, sieh – mein Herz brennt von der Zündung der Liebe…….

Eilte zu einem waffenschwingenden königlichen Soldaten.

"Du, der Bastardsohn, die Schlampe – du sagst, du bist von Liebe erfüllt ? Mal sehen, wie ein Feuerball in deinen Anus hineingeworfen wird!"

Jawans, die in nahe gelegenen Lagern stationiert waren, schleppten Hamid weg. Jara erinnert sich, dass Jara und andere Mädchen Augenzeugen einer Schlägerei von Hamid waren – so schwerwiegend, dass jeder denken könnte, dass ein Sack Sand mit Lathi geschlagen wurde. Jara erinnert sich, wie die Armeeleute Hamids Knochen knackten... Aber Hamid war so mutig, die Saite seines Liedes nicht zu verlieren…..Er murmelte immer noch….mu-re-la-la-bhul nar…..

Dann ? Nach so langer Zeit ?

Jara fragt sich selbst und antwortet dann: Dann war alles in Flaute.

"Ich cha jara ?" (Ist das jara?)

"bi chus jara", (Ja, das ist der gleiche Jara. Hast du mich vergessen?)

"Kann ich dich jemals vergessen? Lass es sein. Was gibt's Neues bei dir? Wohin eilst du?"

Jara zeigte mit dem Finger auf das Büro der DG, das nur einen Steinwurf entfernt war. Dieses palastartige Gebäude, zu dem ich eingeladen bin.

Hamid sah misstrauisch aus.

"Du -? Zum Büro von D.G.? Was gibt's ?

"Heute wird mir die angesehene D.G. wertvolle Informationen über Manzoor geben."

"Verrückt geworden, Jara ? Glaubst du an eine solche Cock-and-Bull-Geschichte?"

"Muss ich, Hamid. Ich bin auf den Wellen des Unglaubens getrieben.

Aber man muss einen Strohhalm fangen, um ein Leben zu führen. Was für eine Saga der Suche, die ich hatte – um die Überreste von Manzoor aufzuspüren!"

"Ich kenne die Inns und Outs deiner Mega-Suche".

"Wie kommt es - ?"

"Hören Sie einfach zu – Sie haben eine schriftliche Petition beim Obersten Gerichtshof eingereicht. Der Oberste Richter hat eine persönliche Durchsuchung durch sein Büro angeordnet. Er hatte die Zeugen ins Kreuzverhör genommen und seinen Bericht bereits vorgelegt. Nachverfolgen ? Das Oberste Gericht von Hon'ble hat die Polizei angewiesen, schnell nach Manzoor Ahmed zu suchen und dringend Bericht zu erstatten."

Jara seufzte. Sie war sichtlich müde.

Hamid fuhr fort: „Nehmen Sie von mir – der Oberst, der Ihr Haus überfallen und mit seiner Beute entkommen ist - Manzoor Ahmed, wurde gebeten, den Gefangenen persönlich vor Gericht zu stellen. Das Gericht erlaubte zehn Tage für die Präsentation, aber der Oberst phophooed den Befehl und erschien nicht.

Habe ich recht, Jara ?"

Jara stand niedergeschlagen da. Sie hat die Müdigkeit mit ihrer Desillusionierung aufgebraucht: Anwalt erklärt – es gibt einen Appell der Armee, Oberst Malguzara persönlich zu erscheinen, weil sein Anwalt argumentiert hat, dass er an einer Operation in einer sehr sensiblen Gegend beteiligt ist. Die Armee hat ferner darum gebetet, dass ein Team von Sonderermittlern zu einem persönlichen Vorstellungsgespräch im Büro des Colonels geschickt wird."

Hamid wurde abgekürzt.

„Hamid, das Gericht hat die Berufung abgelehnt – "

"Na und? Colonal Malguzara beantragte einen langen Urlaub, obwohl dieser erneut abgelehnt wurde."

"Ich habe Hoffnungen – Hamid. Gott hat seine eigene Gerechtigkeit."

"Deine Hoffnungen werden im Keim erstickt."

"Warum"?

"Der Oberst hat wieder für den Urlaub gebetet – aber – zum ersten Mal hat das Gericht seinen Urlaubsantrag gestoppt und erklärt, dass er die Erlaubnis des Zentralen Königreichs einholen muss.

Dies kann ein Hoffnungsschimmer sein. Aber dann?"

"Dann ?"

„Der Fall ist schon lange anhängig. Niemand weiß, was mit dem Colonel passiert ist. Alle sind still und leise……

"Aber warum hat die D.G. versprochen, Manzoor zurückzugeben ?"

"Ich sollte dich nicht entmutigen. Dieses Niemandsland hat so viele Flüstern bekommen. Ein Skelett toter Versprechen liegt verstreut."

"Jara konnte nicht anders, als zu weinen. „Ich hoffe, meine Kinder werden gerettet, sie haben es geliebt, zur Schule zu gehen. Ich hoffe, sie werden erwachsen."

Hamid schloss sich ihrem Schrei an. „Jara, me chhi chane bharia mai "(Jara, ich liebe dich immer noch)

Aus Jaras Diafrum schwirrten Worte heraus: "Ich chi, um mich zu setzen, pyar" (Ich liebe dich immer noch… " Aber plötzlich hörte sie auf zu murmeln: „ Warum, Gott, habe ich das ausgesprochen? Das ist Gunah (Sünde). Gott, vergib mir."

Während Jara nach mehreren Sicherheitskontrollen Zugang zum Büroraum der DG erhielt, sah sie die DG vor dem großen kugelsicheren Glasfenster stehen, das ein riesiges Grünpanorama freilegte, das sich bis zum fernen Horizont erstreckte und eine Reihe von Gipfeln beschattete.

Die D.G. hatte ihr den Rücken zugewandt.

Jara trat ein, signalisierte ihre Anwesenheit, aber er blieb unbewegt. Hat er versucht, sie zu ignorieren?

Jara warf eine direkte Salve von Worten – geschnitten und getrocknet: "Du hast versprochen, meinen Mann zurückzugeben ? Du hast mich in dein Büro gerufen…….?"

Das DG bewegte sich plötzlich, um sie anzusehen.

Jara sah einen anderen Mann - als wäre er bis zu den Gliedmaßen gebrochen. Er versuchte, einige undeutliche Worte auszusprechen, aber die Worte starben in seinem Mund.

Jara versuchte, ihn zu lesen – er war da und warf einen langmütigen Blick auf seine eigene Tochter, um sie nach Jahrhunderten des Vergessens zu erkennen.

Jara wiederholte : „Bitte gib mir Manzoor Ahmed zurück. Erinnerst du dich, was du versprochen hast ?"

Der Mann von unglaublicher Macht brach mit einem rasenden Schrei zusammen:

Soll ich Manzoor Ahmed wie einen Apfel vom Himmel pflücken ?"

"Warum duckst du dich , Sir?"

"Dies ist ein Königreich der Lügen, meine Tochter."

"Warum experimentierst du deine" Lügen "an mir ? Bitte sagen Sie mir, ob Manzoor tot oder lebendig ist - ? ", schrie Jara. Antworte mir, hast du ihn tot ?"

"Ich kannnicht die Wahrheit sagen. Meine Hände und Füße sind gefesselt."

"Sie haben einen Bürger verhaftet und mitgenommen – Sie sagten, für eine einfache Befragung an diesem schicksalhaften Tag, erinnern Sie sich, Sir ?"

"Liebe Tochter, niemand hat den Mansarden verhaftet. Es gibt keine Aufzeichnungen darüber, dass er in Gewahrsam ist."

Jara war außer sich vor Wut : Ich wiederhole . "Sie" die sehr

"du" Beschützer des Lebens und Eigentums des Bürgers – nahm Manzoor weg, gewaltsam – unter Gottes Himmel – unter der ewigen Sonne !

Dann gib mir eine Sterbeurkunde, damit ich eine Entschädigung von der Regierung des Königs bekomme. Dann werde ich den hungrigen Mund meiner Familie füttern. Verstehen,

Sir --- ?"

"Es gibt keinen Beweis dafür, dass er tot ist."

"Also, er lebt, in welchem Gefängnis ist er eingesperrt?"

"Es gibt keinen Beweis dafür, dass er am Leben ist."

"Bin ich eine Witwe oder eine verdeckte Frau – sag es mir !"

"Ich kann nicht. Ich bin hilflos."

"Auf diesem Stuhl sitzend – um den Bürgern zu helfen, nennst du dich hilflos"?

"Ich bin ein Nichts, ein schwacher Mischling, bellender Straßenarchin - !

Er brach in einen lauten, hysterischen Schrei aus.

Man sah ihn vor sich hin murmeln: Es gibt noch mehr Dinge im Himmel und auf Erden, von denen unsere Philosophie nicht träumen kann……..

Jara verließ das Büro und traf Hamid wartend. Sie gingen stetig – als ob sie nirgendwohin gingen.

Hamid rettete Jara vor einem Sturz. Sie hatte nichts dagegen. Sie ruhte auf seinen Armen.

Die Passanten waren sichtlich überrascht von dieser öffentlichen Ausstellung. Bevor es noch schlimmer wurde, erklärte Hamid laut: „Sie ist krank".

Hamid ging eine Weile spazieren und fragte Jara: "Dein Mann wird seit sieben Jahren vermisst, nehme ich an ?"

Jara antwortete nicht.

„Wenn wir den Maliki-Normen gehorchen – eine Frau kann wieder heiraten, wenn ihr Mann sieben Jahre lang vermisst bleibt – bin ich mir sicher ? Man kann vor dem Kaaji (dem Dolmetscher und Richter der islamischen Gesetze) beten und ich bin mir doppelt sicher, dass er nichts zu beanstanden hat? Dann wird seine erste Ehe für nichtig erklärt und die zweite kann rechtmäßig sein "?

Immer noch nickte Jara. Sie wurde gesehen, wie sie sich in einem Pool von Tränen wälzte.

Sie öffnete nach einigen Sekunden den Mund. „Wer würde mich heiraten – eine Frau, die an Körper und Geist gebrochen ist? Jeder wollte sich an meinem Körper erfreuen, aber niemand war bereit, mir eine Unze Ehre anzubieten. Ich bin die Überreste einer Frau, die wie die Reste auf den Tellern nach dem Festmahl sind. Mein Schwiegervater nennt mich eine "Hure".

"Du bist so rein wie eh und je. Du hast einen Geist, der riesig ist.

Reste werden weggeräumt, nach dem Fest, siehst du. Wenn die Container glänzend verstaut sind, musst du selbst so glänzen."

"Es kann nicht Hamid sein. Ich hatte genug. Wenn ich einen bunten Kameez aus meiner Garderobe tragen würde, würden meine Nachbarn sicher schroff aussehen – „Siehst du,

"Sie ist darauf aus, jemanden in ihre Falle zu locken."

Hamid gab eine ernsthafte Antwort. „Wenn das ‚jemand', ‚ich' ist?

"Hamid !"

"Diese Geschichte endet nicht hier. Es hat ein langes Leben. Es ist sicher, dass ich nicht lange leben werde. Sie haben mich fast zu Tode geprügelt. Aber vor meinem endgültigen Tod bitte ich Sie, mir ein kleines Geschenk zu machen. In den Tagen, in denen ich lebe, wirst du meine rechtmäßige Ehefrau sein. In den Tagen nach meinem Tod bist du eine Witwe – ein "bewa", aber nicht die Hälfte, du bist eine volle bewa - eine volle Witwe. Niemandwird dich dann ärgern.

"Hamid"!

Dieses nie zu nennende Land ist ein Land der Bewas - der Witwen, aber Tausende von ihnen sind dazu bestimmt, halb unter einer rohen Sonne zu schmachten."

Paan Pata Mukh
Das Betel – Blattgesicht
(Paan = Betal, Paata=Blatt, Mukh=Gesicht)

EINFÜHRUNGSINFORMATION

Paan Leaf : Botanischer Name : Piper betel Linn.

Von der Antike bis in die modernen digitalen Tage wird "Paan Pata" oder Paan Leaf historisch von einem größeren Teil der Menschen auf allen Kontinenten verwendet. In Indien wurde es von den Königen, Königinnen, den aristokratischen Adligen, den Nawabs, Badshahs und Sultanen und auch den Bürgerlichen konsumiert. Es hat drei Zwecken gedient – als Vorspeise, Reiniger und / oder Mundspüler. Hinzu kommt, dass das saftige Paan-Blatt mit geeigneten Gewürzen dafür bekannt ist, die Lippen der Dame zu röten und so zum Gegenstand der Verschönerung gemacht wird. Die Gäste mit Paan, Betel, einem parfümierten Tabak namens "JARDA" zusammen mit Koriander und Anissamen zu ehren, ist auch unabhängig von den Reichen und Armen ein Brauch. Die Verbrauchskarte erstreckt sich auf Asien, Südostasien und sogar einen Teil der westlichen Länder.

Die Arier nannten Paan Leaf 'Tambula'. Im bengalischen Haushalt ist "Paan Paata Mukh" oder Paan Leaf Face das Symbol für eine ideale Schönheit – das Gesicht ist kompakt, schlank, lebendig wie die aufkeimenden jüngeren Blätter und dies wird von allen gelobt.

Die Geschichte dreht sich um SARI, die Mutter, und ihr erwachsenes Mädchen namens PUNI [Vollständiger Name 'Purnima' (der Narrenmond)], deren aufkeimende Jugend mit der Geburt, Entwicklung und dem Verfall von Paan Leaves verbunden ist. Sie wurde in einem Ambiente der Produktion von Paan-Blättern mit ihrem Lebenszyklus geboren und aufgewachsen.

Die Geschichte :

Der gealterte Paan-Leaf-Händler Pundit, der das Wachstum der Blätter überprüfen wollte, sah Puni auf einen Blick und reagierte sofort:

Paan Pani Pitha

Jarhe Laage Mitha

Nari Kagaj, Na

Tiner boiri ba

(Paan, Wasser und Pfannkuchen

Schmeckt an Wintertagen süßer

Frauen, Papier und die Boote im Segel

Der Wind beschleunigt das Wachstum, schleudert aber schnell......)

"Heirate sie – genau in diesem Mund von Agrahayana.

(November). Der böse Wind wird sie verrotten. Mädels wachsen schneller

als die Blätter in der Rebe."

Die Worte, die er auf die Mutter, Sari, warf.

Puni hielt den Atem an und hörte zu.

Punis Mutter Sari war begeistert.

Sie gestand.

"Dada (an angesehene Älteste gerichtet), meine Tochter ist ein zarter Bananenstiel. Sie ist weder blind noch lahm. Sie hat kein dünnes, trockenes Gesicht. Sie sieht auch nicht aus wie ein zerbrochener Betel. Sie ist formschön und schön...aber Schönheit allein verkauft sich nicht auf dem Markt, Dada. Die Käufer brauchen bares Geld."

Pundit nickte bejahend. Er ist voll des Lobes. Aber redet nicht über Geld oder Mitgift.

"Die Sonne mag Schmutz in sich haben, aber dein Mädchen nicht".

Sari war erfreulich traurig.

"Dada, meine Tochter ist nicht so klapprig, schlank, ungeschickt gebogen oder grob groß wie ein Bambus. Meine Nachbarn sagen: „Jeder wird sie mit nach Hause nehmen. Aber leider streckt niemand seine Hände aus."

Puni pflückte Blätter. Als sie die Bemerkungen des Experten hörte, beugte sie den Kopf nach unten und beschäftigte sich damit, Blätter zu sammeln. Es gab eine traurige Musik von Blättern, die gewaltsam von den Stielen gerissen wurden. Eine schwache Resonanz des leisen

Klopfgeräusches machte ihr Herz trauriger. Aber die Angst ihrer Mutter und die aufrichtigen Bemerkungen des Experten hätten sie fast von sich selbst entfernt.

Sie verwickelte sich nun in ein Selbstgespräch. „Im Laufe der Tage ist meine Mutter sichtbar gierig. Wen auch immer sie trifft, sie fleht: "Dada, besorg mir eine passende Übereinstimmung für dieses arme Mädchen. Der Schlaf hat mich in den Nächten verraten, die Tage sind schwerer mit einer unbekannten Angst. Du weißt, dass ihr Vater sie mit nichts als dieser Rebe zurückgelassen hat. Ich fürchte, wenn ich sterbe, bevor ich mich mit beiden Händen treffe – wer würde sich um diese Waise kümmern?"

Aber die Hände konnten nicht durch die Ehe gebunden werden. Eine Reihe anfragender Eltern kam auf der Suche nach einer Braut; fragte nach der Mitgift und ging, nachdem sie das servierte Essen genossen hatten, und kehrte nie zurück. Dass Puni mehrmals für das Interview saß und dass sie sah, wie die Interviewer ihre Mädchenzeit gegen die Tasche mit flüssigem Bargeld oder Land skalierten, ist sie jetzt völlig desillusioniert darüber, dass sie wieder auf dem Holzhocker für die Ehe saß.

Puni machte ihre Stimme dicker als zuvor und wärmte ihre Mutter: „Ma, du kommst zu spät zum HAAT (Wochenmarkt)

Punis Mutter beschleunigte ihren Umzug. Jetzt erzeugte das musterhafte Geräusch von Blättern, die aus ihren Stielen gerupft wurden, eine leise Musik. Die Blätter schrien, als ob sie schreien würden, sich grausam von der Wurzel zu trennen. Punis Mutter Sari wurde geschickt gesehen, wie sie mit Daumen und kleinem Finger die Blätter in ihren Griff drückte. Ihre linke Handfläche hielt die rohen grünen Blätter wie gemischte Spielkarten.

Pundit inspiziert weiterhin die Blätter in der Rebe.

Er sieht eine dicke Ansammlung von hochwertigen Blättern und ist außer sich vor Freude.

Seine Augen glitzern vor Gier. Hände werden unruhig.

Er fragt Punis Mutter: „Welchen Dünger hast du verwendet, boudi?

"Keine Chemikalie, Dada. Nur die Kalebasse der Senfinfusion."

„Pah! Die "Ponkhura" sieht reichhaltig aus! (Ponkhura = Qualitätsblätter, die nicht schnell verrotten)

Sari ist mit Stolz berührt: "Keine Fäulnis, sage ich, mit Garantie."

"Aber es ist sicher, dass die Blätter nach einem langen Aufenthalt bei Hitze und Kälte schwarze Flecken bekommen."

"Kann sein. Ich habe keine Angst davor."

„Wie hoch ist Ihr Nachfragepreis? – Puni öffnet hastig den Mund, um etwas zu sagen, aber Sari zwinkert ihr zu, um aufzuhören.

Puni beschäftigt sich wieder mit dem Zupfen. Sie sieht ein kilometerweites Feld, das sich auf einem Spiegel spiegelt - die riesige Baumkrone, die Tausende von Vögeln schützt, die hin und her fliegen, und der Himmel, der sich auf dem Spiegel spiegelt - einen leeren, ängstlichen Himmel - der keine Sterne oder Planeten hat - noch nicht einmal die Sonne und der Mond - sie kehrt verärgert zum Boden zurück, während die Millionen von Blättern in der Rebe sterben…Puni begegnet einer langen Reihe von Ameisenhaufen mit Termiten, die herauslaufen und in das Herz der Paan-Stängel…sie umkreisen die Stängel und versuchen, ihre Seele zu essen…Puni ist in einem Delirium…sie sinkt und ein riesiger Hügel von Termiten schleicht sich in ihre Seele, als ob…

"Boudi", rief Pundit und Punis jenseitiger Spiegel ist kaputt. Sari kommt näher.

"Trenne dich davon, bevor es verrottet."

Sari konnte es nicht verstehen. Pundit wirft den Angebotspreis.

"Akzeptiere den Deal."

"Immer noch zweideutig. Okay, mach ich. Aber reißt nicht die Blätter heraus, wie die Chandalen (grausam und rücksichtslos) eure Hände sind.

"Bin ich ein Schuster, der mit Fleisch handelt? Ich bin Plantagenbesitzer. Ich kenne den Herzschlag eines Blattes."

In der Zwischenzeit hat Pundit beobachtet, dass die Blätter-Blätter von wunderbar leuchtender gelblicher Farbe sind. Wird auf dem Markt zu einem hohen Preis verkauft. Sein Kopf ist klar genug, um vorherzusagen, welchen Preis die Blätter von Ranchi, Bermu, Hazaribag, Benares ... den Versorgungszentren abholen werden.

Sari ist noch unentschlossen. Sie grübelt über ihre Vergangenheit nach. Lebendig produzierte, pflegte, schützte und entwickelte ihr Mann die Rebe wie ihre eigene Tochter. Sie hat auch die Rebe geschützt und entwickelt. Sie hatte immense Härten durchgemacht. Es ist ihr Lakenanker. Aber der Händler spielte ein anderes Spiel. Er hatte Saris Tochter genau beobachtet. Cool, nüchtern, fleißig, mit Respekt vor Älteren - jung und liebenswert.

Könnte sie mit seinem Sohn Ghanashyam mithalten? Er brütete. Ein schelmisches Lächeln breitete sich über seinen grauen Schnurrbart aus. Er kicherte fast, um alle Schläge von Sari zu widerlegen.

"Boudi, glaubst du, ich bin nur hierher gekommen, um Paan zu kaufen? Ich bin gekommen, um mit einer Beute glücklich zu werden."

"Ich kann nicht folgen. Bitte lass mich zumindest raten."

Zuerst meinen Mund mit Guapaan (Paan mit gesüßtem Betel) versüßen [ein Symbol für eine lang anhaltende Beziehung - insbesondere ein Heiratsantrag]

Pundit wartete, sein grauer Schnurrbart trug heimlich ein kluges Lächeln. "Ich habe den Köder geworfen, sie wird sicher knabbern", unterhielt er sich mit sich selbst.

Daraufhin wurde Saris Gesicht weicher, Zeichen des Glücks erschienen.

Sie hatte ein undefiniertes Vergnügen und steckte sofort fest. "Wenn das so ist, dann wird der Himmel zu meiner armen Hütte herunterkommen."

Pundit lockerte seine Schnur, um Sari zu veranlassen, sie vollständig zu schlucken.

"Aber was ich sehen und nachfragen muss, wäre Schwiegertochter, habe ich schon gesehen. Mein Sohn soll kommen und mit eigenen Augen sehen. Die endgültige Entscheidung liegt bei ihm."

"Was für ein glücklicher Tag, den du mir heute geschenkt hast!"

"Warte. Lass meinen Sohn kommen."

Pundit beginnt mit der Berechnung des erwarteten Gewinns und Verlusts aus diesem Geschäft. Er ist ein erfahrener Paan Leaf Trader, mit einer Reihe von Reben, die er unter Pachtvertrag hat. Er ist das letzte Wort bei der Abrechnung des Preises. "Du magst der Produzent sein, aber ich bin das alleinige Protektorat deiner Produkte. Geld ist Gold." Pundit legt den Preis fest. Macht den Vertrag. In den kommenden sechs Monaten werden er und sein Sohn Ghanashyam die Produkte anbauen, entwickeln und verkaufen. Er nutzt den Vorteil einer sehr niedrigen Rate.

Sari, schwach stellt eine Bedingung: Mindestens zwanzig Blätter sollten mit dem Stiel belassen werden, damit die Pflanzen weiter wachsen und produzieren können. Alle Düngemittel liegen in der alleinigen Verantwortung des Mietvertrages. Das Setzen von Matti (von außen getragene Schlammkörbe) ist ein Muss, um die Kriecher vor Kälte zu schützen. Sehen Sie, dass sie Wetterwahn bekämpfen können. Regelmäßiges Gießen, um die Anzahl der Knospen zu erhöhen und die Rebe zu bedecken, steht ebenfalls unter Pachtvertrag." Pundit okays.

Zum festgelegten verheißungsvollen Termin kommt Pundit mit seinem Sohn Ghanashyam und ein paar Verwandten zurück.

Ghanashyam hat als Händler bereits bewiesen, dass er wahr ist. Seine Augen sind Klingen, schärfer als die seines Vaters. Eine genaue Inspektion der Rebe hat ihn zuversichtlich gemacht dass er es für einen längeren Zeitraum melken würde. Dann haben seine Augen des gelernten Vermessers bereits die Kottas des Grundstücks, auf dem das Haus steht, das Grundstück neben dem Haus und den angeschlossenen Teich kartiert. Er hat eine separate Portion inspiziert, die reich an "Baisani" (Qualitäts-) Bambus ist. Schön, bei Bedarf eine weitere Rebe zu errichten, und-Oho! Ich habe den "Kharhi" -Baggan nicht gesehen (Kharhis sind Stöcke, die verwendet werden, um den Bambus zu halten, Reihen, die Paan-Blätter für ein schnelles Wachstum schützen). Nach der groben Schätzung fünf Kottas Land! "In der Tat nicht schlecht!"

Alles wird eine Dividende abwerfen. Und diese reine Wahrheit: Wenn es der alten feilgebliebenen 'Ma' gelingen würde, ihm den Besitz zu übergeben - hahaha!

Ghanashyam hat seit seiner "Ankunft" hier nie einen Blick auf seine Frau geworfen. Vielleicht ist er, argumentiert er mit sich selbst, eines dieser Mädchen, die ich sehe, und... er lächelt. "Alle Mädels sind Nurjehan in dunklen Nächten!" Also?

Sari und ihre Verwandten, die älteren Damen und die kichernden Jugendlichen, umgeben sie und drücken darauf, sich für den "Ahsirwad" (Brautsegen) anzuziehen, aber sie antwortet nicht. Oft hatte sie sich angezogen und wurde negiert. Sie verstand die Sinnlosigkeit all dieser Rituale. Kein Aufhebens mehr.

Aber sie soll dem Befehl der Ältesten folgen. Eine seiner Tanten hält sich ängstlich im Zimmer auf.

"Schau, mein Baby, du bist in diesem Frühjahr einundzwanzig geworden. Sajani von den Ghoses, Moli von den Saus, Sukhi von den Pradhans - all eure Freunde und Zeitgenossen sind zu den Schwiegereltern gegangen. Möchtest du "Burhi" (eine lokale Sprache der Verspottung - was "alt" auf dem Heiratsmarkt bedeutet) bekommen? Sie sehen gut aus, aber versuchen Sie, sich wie eine attraktive Braut zu kleiden. Meine Töchter werden helfen, Eh! Sieh nicht düster aus. Lächle." Tante ist weg, sie schließt die Tür; schaut neugierig auf ihr eigenes Gesicht im Spiegel. Murmelt - "Ist es wirklich rissig, verliert Furnier, wie die beschichtete Farbe dieses Spiegels"?

Die Ehe mit Puni ist vorbei - und Sari, eine einsame Frau, ist weg. Sie hat niemanden, mit dem sie reden kann, niemanden, mit dem sie sich streiten kann, niemanden, den sie beraten kann, oder niemanden, den sie tadeln kann. Eine einsame Frau, die ein leeres Haus bewachte, das einst ein Zuhause gewesen war, jetzt aber eine Höhle für die Geister. Die Sorgen ließen nach, der Geist tröstete sie, sie möchte einen Blick auf ihre Königin werfen, die ihr Mann eines Tages lächelnd die Rebe nannte. Obwohl sie dachte - was nützt es, hineinzublicken? Verkauft, das ist und wird nie wieder kommen. Aber warum sollte ich es als "verkauft" betrachten? Es ist nur an einen vermietet! Neugierde zieht sie an den Weinstock. Eines schönen Morgens betritt sie ihren "Baroj" oder die Rebe.

Aber sie ist schockiert zu sehen, dass die Beerdigung des Weinstocks bereits abgeschlossen ist! Die Rebe sieht lange ungepflegt aus, die Blattreihen leblos und in der Sonne versengt, hier und da sinken die

Stängel herab wie leblose Stückchen wilder Kriecher. Wurzeln sterben, schützende Khari-Stöcke Wurm gegessen... Was zur Hölle haben die Männer von Pundit daraus gemacht?

Ein genauer Blick entdeckt - die Plünderer haben viermal mehr rücksichtslos gepflückt, als der Vertrag ihnen ermöglicht! Sie haben praktisch meinen Tempel, den geliebten Palast der Königin meines Mannes und das Spielhaus meiner Tochter geplündert!

Sie ist dabei, die Plünderer zu verfluchen, aber plötzlich hält sie nur noch den Mund, weil die Zupfer die Männer seines Schwiegersohnes sind. "Ich kann mir nicht in die Hände beißen, ha!"

Sie sagt zu niemandem: "Mein Atem ist aus, aber ich kann nicht atmen."

Ihre Aufmerksamkeit wird plötzlich auf ein Paan-Leaf-getrocknetes, sonnenverbranntes mit schwarzen Flecken auf ihrem Gesicht gelenkt. Das Blatt verfolgt sie, macht sie unruhig. Das Gesicht von Puni ist sichtbar auf dem Blatt zu sehen, sie beschwört, als ob, das Bild ihrer Tochter, Purnima.

„Wer weiß, ob Puni gepflegt wird, damit Erde und Wasser gedeihen!"

Sie steht gestürzt da. Aus dem Nichts ruft ihr toter Ehemann wieder zum Leben. Puni si dort, in der Nähe... Sie spürt, dass ihr Vater dort steht und die Krankheit der Blätter erkennt. Er wird gefragt: Meine süße süße Tochter. Ich weiß, du leidest viel, fühle ich... Sari hört ihre Tochter schluchzen: "Hättest du gelebt, hätte ich Papa nicht gelitten. Sie spielen Enten und Drachen mit dem Leben meiner Mutter, Papa..."

Ghanashyam ist pragmatisch. Er ist ein Mann des Geldes. Ein Master – Buchhalter, der Einnahmen und Ausgaben in Einklang bringt, weiß, wie viel Investition einen fetten Umsatz zurückbringen kann. So ungeduldig wie eine hüpfende Fliege über Dreck, kann er in allem Geld verdienen. Er besucht die Lieferantenhöhle, verfolgt den Finanzier oder 'Mahajan, wie er lokal genannt wird, läuft wie eine Rakete für jede offene Marktoperation im Paan-Handel. Er verbringt seine Freizeit mit einer Vielzahl von Freunden an großen Teeständen oder Straßenrestaurants – mit "Jhal Chana" (mit Chili überzogene gebratene Körner), würzigem Hammelfleisch und Landlikör. Mit Linkmen, Helfern, Busfahrern - Autos, Totos, lang gebundene LKWs - verbindet ihn eine klebrige Freundschaft. Wo immer diese Bande ein junges arbeitendes Mädchen oder eine assistierende Frau in einer dieser Höhlen findet, ist Ghanashyam da, um zu schnüffeln und den Deckel herauszunehmen. Manchmal ist Ghanashyam so berauscht wie ein Verschraubter - nur ein neues Fleisch zu sehen. Und Puni passte. Nur eine weitere Würze für das Curry.

Purnima hatte Träume - von einer ordentlichen, wohlhabenden, sanften Familie, in der sie leben und der Familie mit Ehre dienen würde. Ihr schien Ghanashyam ein gesunder, liebenswerter, aber aufbrausender und zorniger junger Mann zu sein. Aber sie hatte den Mut, ihm zu helfen, sich zu bessern.

Ghanashyams Romanze war ein Sturm, während sie über Puni wehte. Aber es schmolz innerhalb von Tagen. Alle Leidenschaften ausgegeben.

Ghanashyam war ein turbulenter, streunender Wind, während Puni ein willkommener Regen war. Sie sah hell aus, ihre Augen waren tief und durchdringend - Hände und Beine gerade, wunderschön fleischig. Darüber hinaus hatte sie ein Bündel glatter schwarzer Haare, die auf die Knie fielen, und das größte Eigentum, das sie hatte – in ihrer schönen runden und perfekten brüste. Aber Ghanashyam war unrein, unhöflich unhöflich. Er will unersättlich essen, aber nicht genießen.

Nach der ersten Welle der Leidenschaften schnupperte Ghanashyam wie üblich nach einem anderen Parfüm von einem anderen Mädchen. Chandni zog seine Aufmerksamkeit auf sich. Sie war wild sexhungrig, geheimnisvoll schwarz, mit glänzenden Augen und ihre Lippen waren immer voller sexy Misshandlungen.

Was Purnima betrifft, behandelte Ghanashyam sie wie einen Dieb, der ihr Eigentum stahl. Er stürzte sich auf Purnima, zwang sie, die Ärmel ihrer Bluse aufzureißen (das Mädchen hatte am ersten Tag Angst vor diesem Verhalten), betrunken, er biss sich in die Wangen; kratzte Brüste wie ein Tier, war verrückt geworden, um ihre Brustwarzen so heftig zu zerreißen, dass das arme Mädchen medizinisch behandelt werden musste und die Last aller Skandale tragen musste, die von ihrer Schwiegermutter öffentlich gemacht wurden. Äh! Wir haben ein "Bebushye!" (Hure) nach Hause gebracht

Der Zustand des Deliriums ist vorbei, Ghanashyam beginnt seine Jagd nach Geld und Fleisch wieder aufzunehmen. Er hat eine Reihe von Plantagen (Reben, Baroj) gepachtet und benötigt daher einen schnellen Geldfluss. Er murrt über die medizinischen Ausgaben, über einfache Kosmetik für eine frisch verheiratete Frau.

Er murrt auch über die unpraktische Einstellung seines Vaters. "Es ist der große Fehler meines Vaters. Wäre ich mit einem anderen Mädchen aus einer wohlhabenden Familie verheiratet gewesen. Ich hätte eine ordentliche Menge von einem Lakh Rupien in bar einpacken können. Aber mein Vater hat mich zu einer Familie von Häfen geführt! Fünfzig Prozent meines Geldes gehen verloren. Wer würde sich heute für ein sogenanntes schönes Mädchen entscheiden? Wird es wie meine Bankeinzahlung wachsen? Nur Glamour? Was nützt Schönheit und Glamour?" Kein Gewinn, aber voller Verlust. Ich bin überrascht, wie mein Vater, ein Veteran im Handel, meiner Familie ein Mädchen mit nur einem verfallenen Haus, einer Plantage von Paan und ein paar Kottas Land bringen konnte? Und das lässt sich nach dem Tod meiner Schwiegermutter realisieren?"

Sein Vater antwortete indirekt: „Ein Blinder kann nicht sehen, wohin der Weg führt. Ein Gewerbe ist keine Familie. Laufen wie alles für Geld ist kein Glück. Ein Zuhause ist ein Zuhause, in dem ein zerstörungsfreier Wanderer nicht Zuflucht finden kann. Geh zum Basar, aber trage den Basar nicht zu deiner Familie."

Ghanashyam erklärt offen: Dies ist eine fruchtlose Investition.

Er driftet von Purnima ab, verbringt wieder seine Tage und Nächte in Teeständen, Restaurants und frisch entsprungenen Restaurants am Straßenrand.

Sein Vater protestiert: Hey, warum hast du ein Mädchen geheiratet? Sie haben einige Pflichten gegenüber Ihrer verheirateten Frau. Vergessen Sie nicht das alte Sprichwort: Männer bauen Häuser, Frauen bauen Häuser. Wenn Sie keiner Disziplin folgen, was wird Ihre zukünftige Generation tun? Ich weiß, was du in diesen Tagen tust. Warten Sie einen Moment, denken Sie nach, ruhen Sie sich aus!"

Ghanashyams knappe Antwort: "Soll ich eine Puppe unter den Ärmeln meiner Frau bleiben? Wer kümmert sich um mein Geschäft?" Der Vater wird müde und versiegelt seinen Mund.

Und diesmal verabscheut er alle Wut auf Purnima.

Seine Mutter erscheint nun auf der Bühne.

"Man braucht Geld, um den Magen einer Frau zu füllen. Purnima sollte hart arbeiten, die Arbeit der Anordnung von Paanblättern in "Gochh" (32 Blätter in einem Gochh.) Wir werden alle Helfer in diesem Paan-Geschäft entlassen. Lass sie das machen."

Puni wacht in den frühen Morgenstunden auf; auch die Küche ihrer Familie wacht auf. Sie steht vor dem Ofen, schwitzt stark, schläft an ihren müden Augen fest - nimmt ihr Bad, schluckt schnell eine Platte mit wassergetränktem Reis, eilt zu dem Berg von Paan-Blättern, der auf der Terrasse abgeladen ist (eine Arbeit, die vier Erwachsene erledigen müssen), arrangiert weiterhin zweiunddreißig Blätter (ein Gochh). Manchmal tage vergehen, Nächte gehen zu Ende. Purnima wird absolut von Schweiß überschwemmt oder von schläfrigen Sonnenaugen verbrannt.

Ihre Schwiegermutter fragt: "Hey, war Ghana letzte Nacht zurückgekehrt?"

Purnima antwortet nicht.

Die Schwiegereltern plappern: Mein Sohn arbeitet bis zum Hals. Er ist ein Zweirad. Und du? Nur "Paan Lachhuni" (Arrangeur von Paans in Gochh) du? esse Fett und werde fett."

Purnima fühlt sich in Ungnade gefallen. Tränen trocknen in ihren Augen aus. Ihr Gesicht warf sich nach unten.

Nachts stürmt Ghanashyam herein. Purnima wurde im Schlaf begraben.

Ghanashyam weckt sie auf.

"Hey, geh morgen früh zu deiner Mutter. Nimm zehntausend Dollar von ihr und komm sofort zurück. Das Geld ist dringend für mein Geschäft."

"Ist meine Mutter eine Minze?"

"Streiten Sie sich nicht. Tu, was ich sage. Ich habe eine große Sache mit einem Distributor-Direct. Mir ist das Geld ausgegangen."

"Frag deinen Vater. Er hat ein riesiges Kapital...?"

"Ich habe gesagt, was ich gesagt habe."

"Woher wird meine Mutter das Geld verwalten? Ihre einzige Einkommensquelle ist die "baroj" (Plantage von Paan), die unter Ihrem Mietvertrag steht. Wird sie auf der unfruchtbaren Erde Geld anbauen?"

"Geh und komm mit dem Geld zurück. Das ist mein Befehl. Sonst musst du dich der Musik stellen."

Als sie Puni so früh sieht, eilt Punis Mutter auf sie zu.

"Was quält dich, mein Baby? Warum siehst du so abgemagert aus? Warum gibt es ein schwarzes Futter unter deinen Augen?"

Puni schweigt.

Sie lächelt nur traurig.

Ein Dorn sticht Sari. Sie kann es nicht herausfinden.

Lächelnde Puni schlendert weiter und wirft einen spähenden Blick auf die Rebe. Zu ihrer völligen Überraschung sieht sie die Rebe nivelliert, nach allen Seiten offen und vom Vampirwind gebissen.

Die Rebe scheint der Körper eines Verstorbenen zu sein, dessen Fleisch von einigen Geiern gepickt wurde.

Sie kommt weinend heraus.

Ihre Mutter fragt besorgt: „Warum sieht dein Gesicht aus wie ein infizierter Paan? Komm. Putzen Sie Ihre Zähne. Essen und ausruhen. Ich werde ihnen sagen, dass sie einen großen Katal-Fisch im Teich netzen..."

Keine Zeit zum Essen, Mama. Hast dich wegen eines wichtigen Geschäfts zu dir beeilt.

"Sag es mir, Liebes."

"Ma, dein Schwiegersohn braucht dringend Geld für sein Geschäft. Braucht mindestens zehntausend Dollar von dir."

Die verwirrte Mutter sah die Tochter an und sagte: „Ich habe alles verloren - meinen Herd und mein Zuhause, mein Gehöft, meinen Weinstock und meine geliebte Tochter. Ich habe nur meine Haut abzuziehen. Bitten Sie meinen Schwiegersohn, zu kommen und alles zu holen, was er findet - einschließlich meiner Haut - "

Puni brach in Tränen aus: "Ich wollte nicht kommen, Ma, aber ich wurde gezwungen..."

Sari umarmte ihre Tochter. Plötzlich erregte ein Kratzer oder ein Schnitt auf Punis Gesicht ihre Aufmerksamkeit. Sie geriet in Panik und erkundigte sich.

"Es ist nichts, Mama. Es ist das Zeichen der Liebe von deinem Schwiegersohn. Die arme Mutter konnte den Sarkasmus nicht spüren. Punis Gesicht sah aus wie eine Masse von Muskeln - alles Blut wurde abgelassen.

Puni kam mit leeren Händen zurück. Ein wütender Ghanashyam trat die Reisplatte und eine Schüssel Fischcurry beiseite, eilte in dieser toten Nacht zum Hut und hinterließ eine Salve von Slangs, die nach Puni geschleudert wurden.

Punis Schwiegermutter geriet in die Irre und verprügelte Puni mit ihren scharfen Worten -„Aha! Was für eine Bouma Amar (Bouma = Schwiegertochter), dass sie ihren Mann nicht zu Hause behalten kann! Was nützt ein Bouma, das ihren Mann nicht binden kann!

Ghanashyam stürmte in der nächsten Nacht und weckte Puni auf, trat sie und befahl ihr, "paan lachha" (Anordnung von Paanblättern in Gochh) zu beginnen.

Puni protestierte. "Ich hatte den ganzen Tag dasselbe getan. Es dauerte bis zwölf Uhr nachts. Habe gerade das Bett für eine kleine Pause bekommen - bist du ein Mensch oder ein Tier?" Ghanashyam sah rot und befahl: „Ich möchte, dass der Berg Paan innerhalb von zehn Uhr morgens in Gochh verwandelt wird. Geh und fang an."

Tagein und tagaus.

Nacht in und Nacht in die Morgendämmerung rutschen.

Puni ist in ein Meer von Paanblättern getaucht. Ihr Kopf sinkt nach unten, die Finger bekommen kein Gefühl, die Füße verrotten durch ständiges Gießen von Wasser, um ein Austrocknen der Blätter, der Taillengelenke und der Muskeln zu verhindern.

Eines schönen Morgens fällt sie, während sie versucht, aufzustehen, in einem Delirium auf den Boden.

Ghanashyam transportiert die Nachricht widerwillig nach Sari.

Sari fleht: „Baba, ich möchte, dass meine Tochter kommt und ein paar Tage bei mir bleibt.

Ghanashyam lehnte den Antrag ab.

"Unmöglich. Es ist Peek-Saison. Wir brauchen sie zu Hause."

"Baba, ich habe gehört, sie ist krank."

"Das sind alles erfundene Lügen."

"Bitte, Baba, zumindest für ein paar Tage. Ich lasse sie von einem Arzt behandeln!"

"Warten Sie auf den Monat Joisthya (Mai)".

"Dann wird sie mein Sohn sterben."

"Nimm es von mir. Sie wird nicht sterben."

"Was für ein Chandal (grausam und unfreundlich rücksichtslos) du bist!"

"Ghanashyam springt auf und hebt seinen Kopf wie eine Schlange,"

"Ich werde später eine angemessene Antwort geben."

Die Paan-Selling-Saison endete, Purnima versuchte, seine Aufmerksamkeit auf ihre Krankheit zu lenken.

"Hörst du mir zu?"

"Deiner Krankheit? Geh zu deiner Mutter."

"Mama ist jetzt mittellos. Wie kann sie? Ihr Baroj wurde von dir geplündert. Pro Stängel warten zwei oder drei Blätter auf den Tod und die Rebe ist eine Knolle aus geschwärzten Stängeln in einem Käfig. Das ist dein Geschenk an sie."

"Halt die Klappe!"

"Warum sollte ich? Ich als Ihre Frau habe jedes Recht auf Behandlung, wenn ich krank bin!"

"Wer wird das Geld tragen?"

"Du kannst dein Geld in Alkohol verschwenden, in Bordellen - vielleicht weiß ich, woher du das Geld bekommst. Es ist die Arbeit der ganzen Familie, die dir Geld gibt." Ghanashyam wurde wütend und schlug Puni ins Gesicht. Die Spuren seines Fingers waren auf ihrem Gesicht - immer noch und lebhaft sichtbar. Es war eine tiefe Narbe auf Puni.

Ghanashyam bekam Angst und am selben Tag schickte sie Puni mit einer Eskorte zu ihrer Mutter.

Zurück im Haus ihres Vaters seufzt Purnima erleichtert. Sari ist fassungslos, als er sie in diesem Zustand sieht. Sie ist ein Geist von Puni!

"Ich werde mein Haus verkaufen, um dich zu behandeln, mein Baby."

Purnimas Lippen teilen sich mit einem wehmütigen Lächeln.

"Mama. Ich habe mir eine königliche Krankheit eingefangen. Könnte sein, dass Würmer in meine Lungen gefressen haben. Mir fehlt der Atem."

Sari bedeckte Punis Gesicht mit ihren Händen: "Nein, nein, Schatz, du kannst mich in dieser unfreundlichen Welt nicht allein lassen." Beide sind damit beschäftigt, Tränen aus den Augen beider zu wischen.

Sari verkauft alle Utensilien aus Messing und Glockenmetall. Verkauft ihre schwangere Kuh und Ziegen. Der stehende Bambuscluster, die Bäume Nem und Arjuna *(Tarminalia arjuna)* sind verschwunden. Ein Teil ihres Landes am Fischfelsen ist auch weg. Sari bringt Purnima zu den Stadtärzten. Alle von ihnen erklären traurig. Sie sollte sofort in ein Sanatorium gebracht werden. Es ist zu spät.

Sari lässt nichts unversucht. Klopft an die Türen des Leiters der lokalen Selbstverwaltung auf Dorfebene, des Pradhan oder Häuptlings der Panchayat. Er nimmt einen Antrag von Purnima entgegen, der von ihrer Mutter Sari mitunterzeichnet wurde. Der Antrag auf Behandlung in einem staatlichen Sanatorium ist im Gange. Saris Hoffnungen leben. Sie lebt von Hoffnungen. In einer Vollmondnacht, während die ganze

Welt von Mondstrahlen überflutet wird, fragt Purnima ihre Mutter: "Mama, warum hast du mich Purnima genannt?"

Sari tat nichts anderes als laut zu schreien.

Am nächsten Morgen, während Purnima am Baroj spazieren geht, hört Sari einen hektischen Schrei von ihr.

"Mama, komm so schnell wie möglich."

Die in Panik geratene Mutter rannte quasi auf den Weinstock zu. Beunruhigt betritt sie den Baroj und sieht die Blätter - alle ausgetrocknet, verwelkt - Reihen um Reihen...

Sari steht verwirrt da... ihre zweifelhaften Augen werfen einen verstohlenen Blick auf Purnima ... ihr Gesicht mit schwarzen Flecken... Jetzt wird Purnima verschwommen und Sari sieht Reihen von frischen gelblichen Blättern von ihren toten Stielen herabfallen...

Die Nackten

Scene-I : Tor zum Zuhause

Eines Tages, im Monat Juni, an einem schwülen Nachmittag, kehrte Satish Chandra, ein renommierter Biologe und Professor, im Delirium von der Universität nach Hause zurück. Er murmelte vor sich hin: „Usko nanga kar do. Usko... Das war ungewöhnlich. Es zog sofort die Aufmerksamkeit von Oindrilla, seiner ängstlichen Frau, auf sich.

"Hey, was geht dich das an? Fühlst du dich krank?" Fragte sie und eilte mit einer Menge Fragen zu ihm.

"Sh—Sh—Sh! Peace ho!!

"Ich habe etwas gesagt. Hast du deine Ohren erreicht?"

"Frieden, sagte ich."

Seine Augen wurden blass, Augäpfel sahen aus wie die Farbe von schlammigem Wasser. Er war sichtlich misstrauisch. Er versuchte flüsternd zu sprechen.

Oindrilla war aufgebracht. "Ist er wirklich krank? Sie sind über etwas geschockt? In diesen Jahren hat die Welt ihm Schocks und Überraschungen präsentiert." Oindrilla war wirklich ein verbranntes Kind gewesen, das sich immer vor dem Feuer fürchtete.

"Wovon ist er besessen?" Ein kluger, intelligenter Gelehrter, weithin anerkannt für seine mutige Innovation - so teuer für die Studenten? Seine Forschung über Biodiversität hat ihm Ruhm eingebracht?" Der Wissenschaftler stand wie ein Waisenkind da. Aber warum?

Sie rückte näher.

"Weg"! flüsterte er. Innerhalb von Sekunden legte er seine Hände um, um seine Genitalien zu halten, seine Hände unter seinem Bauch.

"weg"! Ich bin nackt. "Seltsam! Du trägst Kleidung - aber du sagst, du bist nackt?

"Gib mir ein paar Klamotten. Schäme mich nicht. Bitte!

Oindrilla brachte ihn nach Hause.

Knallte die Tür auf das Gesicht der guckenden Nachbarn.

Szene II: Zweiter Stock des Universitätsgebäudes. Der Korridor. Einige Tage später

(Der Wissenschaftler Satish geht in sein eigenes Zimmer, das dem Abteilungsleiter zugewiesen ist, Namensschild aus Messing an der Außenwand)

Satish sieht man heimlich gehen. Seine Augen trugen die gruseligen Blicke eines Diebes. Sie reisen in alle Richtungen.

Eine Schülerin taucht auf, als ob sie aus dem Nichts käme.

Satish steht benommen da. Crestfallen.

Der Student ist Laily, ein brillanter, neugieriger Forscher unter Satish. Hat einen tiefen Respekt vor ihm. Sie scheint völlig verwirrt zu sein.

Student : Geht es Ihnen gut, Sir?

(Satish sieht verwirrt aus. Aus reinem Respekt kommt das Mädchen näher, um ihm zu helfen, sich von der Unruhe zu erholen.)

Student : Vielleicht geht es ihm nicht gut. (Satish steht kurz vor dem Sturz und das Mädchen hält ihn schnell hoch)

Sie sind krank, Sir! Hätte es nicht wagen sollen.

Satisch : Weg! Mein nanga hun!

Student : Sir, Sie taumeln. Ich rufe nur meine Freunde an - hey, Roshenara, Juthi, Samrat -?

Satisch : Bitte! Nr.

Student : Entspannen Sie sich, Sir. Wir sind hier. Du bist unser verehrter Lehrer!

Satisch : (Er wiederholt das Schröpfen des Bereichs unter seinem Bauch.)

Student : Bauchschmerzen! Wir rufen den Arzt.

Satisch nackt.	:	Nein. Gib mir ein paar Klamotten. Ich bin krass
Student	:	Sir, Sie sind gut gekleidet. Du brauchst keine Kleidung!
Satisch	:	Ich sagte, ich bin nackt? Gib mir bitte ein paar Klamotten.

(Zwei oder drei Schüler sind inzwischen angekommen. Das Mädchen füllt ihnen ein paar Worte in die Ohren:)

"Vielleicht ist Sir in einem Trauma. Bringen wir ihn nach Hause."

(Jemand schafft es, ein frisches Handtuch für Satish zu bekommen. Er packt es ein und fühlt sich geborgen)

Noch ein Schüler: Fühlen Sie sich wohl?

Satisch : Ah, ich! Sie schneiden, schneiden, protokollieren und verbrennen den grasbewachsenen Boden. Die Welt wird früher oder später eine Sabana sein. Alle von ihnen sind große Geschütze - mit größeren Äxten. Du kannst sie nicht bekämpfen.

Studierende : Wer sind sie, Sir? Bitte sag es uns.

Eine andere : Sir ist vielleicht schockiert. Er befand sich im Krieg mit der Behörde.

Die andere : Er sollte an der Weltbiodiversitätskonferenz teilnehmen. Am Flughafen wurde er festgenommen und nach Hause gezwungen.

Die andere : Schande, Schande!

Satisch : Komm zum Kurs. Mag sein, das ist mein letzter.

(Die Schüler folgen ihm in die Klasse)

Studierende : Warum, Sir, warum?

Szene-III : Die Klasse

Ein riesiger Bildschirm an der Wand. Es ist live mit einem Meer von Grün, winken in und vorbei.

Der Wissenschaftler (Satish) fixiert seinen Cursor. Ein grüner Waldboden blinkt auf. Reihen von Bäumen - einige stehen tiefgrün, einige sind blattlose Geister - einige Orte zeigen trockene Skelette von einstmals Riesen - andere einen gräulichen, zobelartigen, vegetationslosen Korridor, der kilometerweit verläuft - endlose Einöden mit gebrochenen Gliedern verbrannter Baumarten - ein trockener Fluss mit toten und verfaulten Fischen...Leichen indigener Völker... von Antilopen, Vögeln... Und dann ein riesiges Bauwerk - vielleicht der Eindruck eines Künstlers von einem urzeitlichen Baum, der sich zu einem nahe gelegenen Flussufer verzweigt... Der Wissenschaftler Kickjumps.

Satisch : (Der Wissenschaftler) Schau! Dies ist der majestätische **"Sihuahuaco"**! (Die Struktur ist voll im Fokus)

Studenten schreien: Ist es eine seltene Spezies, Sir?

Satisch : Seltenster der Seltenen.

Studierende : Wissenschaftlicher Name?

Satisch : Liebe Schüler - es ist Dinizia excelsa in Amazonien, die andere ist Dipterix mycrantha in Peru. Es ist ein riesiger Regenschirm, der sich wie auf allen Kontinenten ausbreitet - von den Anden bis zum Meeresboden. Dies ist der vielschichtige Retter der Menschheit. Es hat eine Grundschicht – sehen Sie einfach neugierig aus!- Strauchschicht, Understory, Baldachin, Overstory - die Sonne verbergen... und die biologische Vielfalt retten. Aber Menschen sind brutale Jäger!

Der Fokus verlagert sich auf ein anderes Segment :

Schau, das ist der Rindersektor des brasilianischen Amazonas. Der trostlose Hintergrund ist frei von Bäumen. Die Gier der Menschen hat 80 % des Waldbodens abgeholzt - für ihren Handel mit Rindfleisch und Schaum. Etwa 7900 Quadratkilometer (könnten etwa 3050 Quadratkilometer sein)

quadratmeilen) des Waldbodens wurde im Laufe des Jahres 2017-18 im Bundesstaat Mato Groso und in Paraguay zerstört. Unser statistischer Bericht 2019 zeigt einen Anstieg der Waldzerstörung um 22 %. Ein großer Teil des Traktes, der australischen Eukalyptus und Honduras-Kiefer und bewaldetes Hochland produziert, ist weg! Weg bedeutet - du verlierst Holzkohle, Sauerstoff, Nahrung, Unterkunft, Wasser, Ballaststoffe, Treibstoff und Medizin. Und ich habe darüber in meinen Forschungsarbeiten geschrieben, auf einer Konferenz in meinem eigenen Land vorgelesen, aber einige Leute sind plötzlich auf die Plattform gestiegen, haben meine Papiere zerrissen, meine Kleider zerrissen und mich nackt stehen lassen... meine Schüler, seht ihr, sie vernichten die Geschichte, ersetzen die Wissenschaft durch Aberglauben, schnappen die Verbindung zwischen den Menschen - halten die Zeiger der Uhr an, um sich ins Mittelalter zurückzuziehen... Sie schnappen sich mein Wissen, meine Kleider und lassen mich nackt stehen... (fällt auf den Boden), der große Sihuahuaco meines Landes wird gefällt!

Szene-IV : In der Psychiaterkammer

Man hört den Wissenschaftler dasselbe fragen: Bitte gib mir ein paar Kleider. Ich bin nackt! (nach einer Minute zuschauen)

Arzt : Hattest du kürzlich einen Sturz?

Satisch : Ja, ich bin von einer Bergkette in den Abgrund gefallen. Sie haben den Baum des Lebens gefällt – die Liebe und das Mitgefühl...

Arzt : (Wenden Sie sich an Oindrilla) Entschuldigen Sie, hatten Sie kürzlich einen Ausflug in die hügelige Region? Hat er zu irgendeinem Zeitpunkt Angst vor schwindelerregenden Höhen entwickelt?

Oindrilla : Das war lange her, Doktor Sahib.

Arzt verhandeln? : Hatte er jemals Angst, einen steilen Anstieg zu

Satisch den Kopf) : (Saß jetzt leise aufwärts, hebt aber jetzt lächelnd

Oindrilla zu erklimmen. : Im Gegenteil, Doktor. Er liebte es, steile Höhen

Satisch : ha ha ha! Doktor, kennst du "Shihuahuaco"?

Arzt : Ist es der Name von irgendetwas?

Satisch : Ja! Das ist ein riesiger ... Ich kämpfe nach dem Namen... Oh, der Name kommt rein, verschwindet aber im nächsten Moment...

Arzt : Versuchen Sie sich zu erinnern, bitte!

Satisch : Der Name, der Name... ?? es ist der Schirm der Welt... es hat großartige aufstrebende Spitzen...

Arzt : Versuchen Sie sich zu erinnern, versuchen Sie...?

Satisch : Es thront über dem umliegenden Baldachin... es schüttet, schützt, versorgt O_2... Ich bin hoch geklettert, deshalb haben sie mich runtergezogen.

Arzt : Haben Sie gut geschlafen?

Satisch : Ja, aber...

Arzt : Aber?

Satisch : Ich träume von einer Welt frei von Sägen.

Arzt : Sawyers! Reisen oder wandern Sie in Träumen?

Satisch : Ja, beides.

Arzt : Hast du jemals daran gedacht, dass deine Traumwelt ein El Dorado ist? Unerreichbar?

Satisch : Richtig. Es ist wirklich der Garten Eden.

Arzt : Sie glauben also an einen mythologischen Garten des Friedens, der Ruhe ... und der Sicherheit?

Satisch : (Wendet sich an den Arzt. Senkt den Kopf auf den Tisch. Dann flüstert)
Doktor, sie kommen mit großen Äxten und LKW-Ladungen von elektrischen Sägen...

Arzt : Wer sind diese Säger?

Satisch ; Ich kann es nicht preisgeben. Sie werden mich töten. Sie haben Gemeinschaften getötet - Männer, Frauen und Kinder.

Arzt : Du hast also Angst vor ihnen?

Satisch : Ja, sie haben mich daran gehindert, die Wahrheit zu sagen.

Arzt : Kannst du mir die Wahrheit sagen? Ich bin Ihr Arzt.

Satisch : Irgendwann. Sie gruppieren sich um mich. Sie fürchten Wissen. Sie werden den Baum des Lebens zerstören. Der Baum trägt Früchte. Das ist Wissen. Sie hassen Wissen.

Arzt : Seltsame Ängste!

Satisch : Sie versuchten, meine Forschung zu zerstören. Ich werde in eine sichere Zone reisen. Daraus schicke ich eine Welle des Wissens...

Arzt : OK. Vielen Dank für Ihren Besuch, Dr. Chandra, wir legen einen weiteren passenden Termin fest. Lassen Sie mich mit Ihrem Wissen bereichern.

Satisch : Vielen Dank. Aber bleib wachsam. Sie könnten deine Kammer überfallen!

Scene-V : Schlafzimmer der Chandras

Nacht. Moonlit, Moonbeams haben sich ins Schlafzimmer geschlichen. Die Außenwelt wird von einem seltsamen Licht durchflutet. Eine typische Ruhe herrscht. Der Wissenschaftler (Professor) Satish Chandra wird im Schlaf gesehen und kuschelt mit seiner Frau.

Das schwache Licht hellt sich auf. Chandra springt aus dem Bett. Geht hinaus. Oindrillas umklammerte Hände sind losgelassen, doch sie schläft, ohne es zu merken.

Mit dem helleren Mondschein ist eine Menge von (Reihen von) Bäumen sichtbar. Chandras Haus und Umgebung sind hinten gelassen. Der Horizont formt eine schatten eines ausgedehnten Waldstücks. Ein Fluss murmelt aus der Ferne. Weiche Noten werden gefiltert. Der Ruf der wilden Tiere ist zeitweise zu hören. Ein schöner Ruf des bellenden Hirsches, das Grunzen der Schweine, das Knurren des Löwen, das Schreien der Eulen, der Streit der Aras...

Pause

Jetzt knirschen die Schweine, Grillen zwitschern, Vögel wackeln. Gefolgt vom Geschwätz der Affen und dem Lachen von Hayenas...Das Licht strahlt auf. Dunkelheit ist geschoren. Der Boden eines riesigen Waldes blinkt auf.

Dort, im Hintergrund, wird ein majestätischer Baum sichtbar. Es ist kein Baum, sondern ein Baumhaus, in dem eine Vielzahl von Tieren und Vögeln lebt.

Satish Chandra schwelgt in den hellen und dunklen Wellen. Er soll irgendwo landen.

Plötzlich schaut er zu. Amazon! Amazon!

Szene-VI : Der Waldboden

Off-Stimme ist zu hören. Dann kommt ein riesiger Baum zum Lindenlicht.

Stimme : Vor vielen tausend Jahren. Ich wurde geboren. Die Europäer haben erst vor wenigen Jahren Fuß gefasst. Meine Kinder waren Jäger und Sammler. Sie waren 5-6 Millionen Einheimische. Die Eindringlinge kamen durch Amazonas- und Paraguay-Flusssysteme und die meisten Küstenebenen. EL Salvador und Cobo Frio Brasa hatten lebende Kohlen. Sie kamen nach Brazilwood, um Eisenwaren und Schmuckstücke zu kaufen. Sie plünderten den Südosten für Bergbau und Kaffee. Sie waren hinter Gold und einem lukrativen Sklavenhandel her. Meine Söhne nannten sie „Brandeirantes". Sie waren unermüdlich darin, unproduktive Hochländer zu durchqueren. Seitdem wird dieser Teil des einstmals jungfräulichen Waldes belästigt... (Der Professor-Wissenschaftler Satish steht jetzt vor dem riesigen Baumhaus. Sein Gesicht wird blendend. Er wird emotional gerührt gesehen. Er murmelt:

Satisch : Mein Traumhimmel, hier berühre ich dich, streichle dich, liebe dich. (Stimme wird lauter)

Mein "Shihuahuacco"!

(Stimme hallt nach)

Mein Lebensbaum!

(Das Szenario wird dann abgedunkelt. Und in dieser Dunkelheit sieht man Oindrilla, seine Frau, wie sie ihn verzweifelt durchsucht. Sie hat einen irdenen 'Pradip' (Lichtbehälter, Chirag). Ein schwaches Licht versucht herauszufinden, dass die satische und schwache weibliche Stimme langsam lauter wird)

Oindrilla : Sa-ti-shhh! Wo bist du?

Satisch : Hier bin ich in Nord-Südamerika - ein Land von 60 Quadratkilometern - ich bin in Brasilien, Guyana im Hochland bis zu den Nord-Anden-Bergen bis zum West-Zentral-Plateau im Süden und dem Atlantischen Ozean im Osten.

Oindrilla : Wo bist du jetzt? Phantasieverbreiter?

Satisch : Im Land der Wunder.

Oindrilla : Du suchst also nur nach Wundern?

Satisch : Ich bin für den Baum des Lebens. Baum hält die Atmung aufrecht. Die Atmung hält den Lebenszyklus aufrecht.

Oindrilla : Was soll ich ohne Sie tun?- Ihr Zuhause, Ihre Bücher, Ihre Forschungsarbeiten, die Universität, an der Sie gearbeitet haben - Ihre lieben Studenten...?

Satisch : Ich werde zurück sein, wenn meine Mission erfüllt ist. Ich habe eine edle Mission - ich werde Nationen beim Atmen helfen.

Oindrilla : Ist es so edel, dass du deine Frau im Stich lassen musst?

Satisch : Dies ist ein epischer Kampf. Früher oder später wirst du dich mir anschließen. Ich brauche dich für eine Widerstandsbewegung.

Oindrilla : Widerstand? Gegen was?

Satisch : Wissen Sie, ich hatte an dem Verlust der biologischen Vielfalt, der Krankheit und der Entstehung einer Pandemie gearbeitet.

Oindrilla : Wie kannst du diese Bedrohung allein bekämpfen? Du hattest genug!

Satisch : Ich habe meine Freunde im Wald - seine Fauna und Flora - seine Flusssysteme - zum Schutz der Kohlenstoffspeicherung -

Oindrilla : Dies ist ein wilder Traum Satish.

Satisch : Wer nicht träumt, lebt nicht. Wir müssen unseren Planeten mit sauberem Wasser, unverschmutzter Luft, Energie und Medizin versorgen!

Oindrilla : Hättest du das in deinem eigenen Land tun können?

Satisch : Mein Land ist Oindrilla nicht zugeordnet. Ich bin überall. Weißt du, sie haben all mein Wissen in den Müll geworfen, mich daran gehindert, an der Weltwissenschaftlerkonferenz teilzunehmen, haben Menschen gezwungen, sich mit Menschen zu verbinden, haben Gelder für die Forschung gestoppt, haben die Kasuistik für die Geschichte ersetzt, haben Aberglauben für die Wissenschaft verehrt! Habe mir die Hände und die Zunge abgeschnitten!

(Es herrscht Aufregung. Der Baum des Lebens nimmt seine volle Form an, Er spricht. Oindrilla ist jetzt verschwommen)

Der Baum : Es ist nicht in deinem Land menschlich. Es ist auf dem Land des Planeten. Sie haben die "Slash and Burn" -Politik übernommen. Siehst du, ich wurde mehrmals aufgeschlitzt. Ich schmachte.

(Oindrillas Stimme wird verkrüppelt. Trotzdem versucht sie es zu versenden:)

Oindrilla : Wir fürchten uns.

Satisch : Lügen fürchten die Wahrheit, warum sollen wir?

Oindrilla : Wir müssen satisch leben!

Satisch : Wie die Hollow Men von Eliot oder die Head-down-Arbeiter von Gorki?

Oindrilla : Wohin du auch gehst, du wirst Lügen und Täuschungen begegnen.

Satisch : Wir stehen an der Schwelle zum Weltuntergang. Am Kipppunkt. Müssen gegen Gier und Machthunger kämpfen.

Oindrilla : Ich will bei dir sein, Satish - bitte nimm mich mit!

Satisch : Wenn die Zeit reif ist -

Oindrilla : Vermisst du mich nicht?

Satisch : Ich zitiere einen Dichter, um dir zu antworten.

    Schatz, wenn du meinen Weg gehst

    Sei es dunkel oder sei es Tag;

    Traumhafter Winter, Fee May

    Ich werde es wissen und dich begrüßen

    Für jeden Trauertag oder

    grace

    Bringt dir meine Umarmung näher

    Die Liebe hat deine Liebe geformt

    gesicht

    Ich werde dich kennenlernen, wenn ich dich treffe

[Das Licht erlischt. Nebliger Vorhang breitet sich aus. Dann schmilzt es langsam. Der Wissenschaftler wird dabei gesehen, wie er einen riesigen Baum umarmt. Der Baum erscheint aufgeschlitzt oder umgürtet. Eine Trauermusik kommt aus dem nahegelegenen Fluss. Der Wissenschaftler umarmt, küsst, versucht, seine riesige Breite zu umkreisen. Scheitert. Steht für einen Moment still. Plötzlich fällt ihm ein größeres Blatt zu Füßen. Er bückt sich, um zu sammeln. Tränen rollen über seine Wangen. Er schaut so hoch, wie seine Augen reichen können.

Zwei Tropfen Tränen aus dem High-End, berührt seine Vorhand. Er schreit in tränenreicher Freude.]

Satisch : Oh mein "Sihuahuaco" - Mein Baum des Lebens - Dipterix Mycrantha Was zum Teufel haben sie aus dir gemacht?

(Schreit laut)

Der Baum : Mann, wo kommst du her?

Satisch : Aus dem Land der Menschen.

Der Baum : Undankbar bist du.

Satisch : Nicht wir alle, meine Liebe.

Der Baum : Sechzigtausend Arten meiner Abstammung warten auf den Tod - aufgrund eurer Streifzüge, Mann.

Satisch : Aber Millionen haben sich zusammengetan, um die Sterblichkeitsrate zu senken, mein Freund.

Der Baum : Weißt du nicht, dass der Verlust einer einzigen Art im Amazonasbecken eine Katastrophe für das Ökosystem bedeuten würde?

Satisch : Ich, ein Wissenschaftler, weiß mit Sicherheit, dass die Bäume im Amazonas 25% des gesamten CO_2—

Der Baum : Aber leider! Wir werden 30 % der Kraft der Kohlenstoffspeicherung durch vorzeitigen Tod verlieren - wenn Sie mit der beispiellosen Abholzung fortfahren.

(Eine mysteriöse Wendung des Ereignisses findet statt. Eine große Masse grüner Blätter kommt herunter und beginnt zu sprechen :)

Blätter : In unserer Küche bereiten wir mit Hilfe der Sonne eine Photosynthese mit H_2O und Kohlendioxid CO_2 vor. Wir lagern und pflegen Biomasse, um Kohlenstoffverbindungen in unserem Körper und Rumpf zu speichern...!

[Plötzlich taucht eine riesige elektrische Säge auf. Er wird größer als der Baum] Einige rundköpfige, großbärtige, raue und ungehobelte Menschen erscheinen vor dem Baum. Einige von ihnen schwingen ihre massiven Äxte. Einer von ihnen fängt an zu singen:

Mein Kopf dreht sich

Es ist der Anfang vom Ende

Die Leute flippen aus, wenn ich da raus gehe

So verängstigt. (Album—Van Weezer, 2019)

[Der Baum fängt an, mit seinen Tier- und Vogelpächtern zu weinen]

Der Andere tritt bei: fünfzehnhunderttausend Jahre

Wäre nicht genug, um diese Tränen zu trocknen!

ha ha ha!

Der dritte springt und nimmt Salto und sagt :

Werde ich verrückt?

Bin ich verrückt und benommen?

Bin ich zu verloren, um mich dem zu stellen?

Und was kostet die Flucht?

Nichts ist richtig

I am so scared (von Korn, Albumausgaben, 1999)

Diese wild aussehenden Menschen umgeben den Stamm des Baumes des Lebens.

Satish bewegt sich nicht ein wenig. Er steht immer noch umarmend da.

Mann 1	:	Ich möchte nach dem Buschfleisch-ha-ri-ri jagen
Mann 2	:	Willst du Gold und Brasilien-Holz-ha-ha-ha!
Mann 3	:	Willst du zerschlagen und verbrennen, zerschneiden und verbrennen - ra-ra-ra-ra
Mann 4	:	Möchte Quecksilber und Methyl für Aquaspoil-ha-ha-ha
Mann 5	:	Willst du abholzen und ernten - ha-ha-ha
Mann 6	:	Möchte Wildtiere und Rinderzucht-ri-ri-ri
Mann 7	:	Möchte den Wald mit Schuldenketten binden-hi-hi-hi
Mann 8	:	Komm, flieg auf der Autobahn-la-la-la. Wir erkunden das Herz von Amazon—i-i-i-

[Man sieht sie mit ihren Äxten und Sägen näher kommen. Die Menge schwillt an. Geräusche von Lastwagen, die in das Herz des Waldes ziehen. Sie klingen nach unterschiedlichem Jubel. Die Bäume fangen an zu weinen. Satish schließt sich dem Jammern an. Er schreit: Hilfe! Einer der vorrückenden Männer repariert einen Schlag auf den Kofferraum. Satish streckt seine Hände aus, um zu beschützen. Er versagt und fällt. Der zweite Mann steht kurz davor, etwas zuzufügen, und an diesem Punkt geschieht ein Wunder. Die gesamte Tierwelt kriecht bis zum Waldboden. Sie umzingeln die Angreifer. Die Angst hat sie jedoch getroffen, sie versuchen verzweifelt, den Baum zu zerschlagen. Aber sie fallen zurück. Sie werden mit Füßen getreten. Sie schwingen ihre Waffen, aber sie werden von einer Million Händen gestoppt. Auf der Autobahn ertönt ein Marschgeräusch. Menschen aus allen Ecken der Welt schwärmen herein. Verwundet, aber sie rufen laut. Das bewaffnete Bataillon stürzt ein.

Licht dimmt.

Der Wissenschaftler (Satish) singt wild:

"Ich bin nackt/Ich bin nackt, ha ha ha

Nackt sind meine Freunde des Dschungels, ha ha ha!"

Der Boden legt sich wieder

Der Wissenschaftler ist unter seinen Freunden zu sehen - den Agouisten,

die Opossums, Eichhörnchen, Stachelratten, Nagetiere, Jaguare und Löwen in der Ferne und die Vögel beginnen vollkehlige Musikgesänge: RETTET DEN WALD / OH, SAPIEN!

[Das erleuchtete Gesicht des Wissenschaftlers taucht wieder auf:]

"Ich bin nackt, nackt wie die Bäume

Ich bin nackt, nackt wie die Flüsse in Fluten

Ich bin nackt, nackt wie die Nagetiere und Agonisten

Ich werde nach den Samen unter Mutter Erde suchen."

[Der Wissenschaftler schließt sich den Agouisten an, um Samen zu verfolgen. Seine Stimme hallt wider:]
"DAS LAND/DAS LAND MUSS AUSGESÄT WERDEN!"
Oindrilla kommt aus einer anderen Welt : DEM LAND...

NB : Der Verfasser erklärt seine Verschuldung gegenüber dem Internet für eine Reihe von Berichten von Experten. Er ist auch Fachbüchern zu diesem Thema verpflichtet.

Die Ameise

Gekochter Paddy lag ausgebreitet auf einer Matte im Hof. Die Teufel schlemmen. Oma Gangamoni war gerade von den Feldern nach Hause gekommen. Ihre Augen weiteten sich.

Siehst du, was für eine Verschwendung es ist ! Und diese bemalten Mädchen haben ihre liebe Nahrung dem Mund dieser Rakschaschas (Dämonen) geopfert! Schau, da genießen sie die wohltuende Brise! Du, die Älteste, und du, die neben ihr – komm und sieh mit eigenen Augen, wie diese Teufel meine Körner plündern! Weißt du nicht, in den schrecklichen Jahren der Hungersnot habe ich meinen Sohn Gobind nur mit den Kressen gefüttert? Gobinds Vater verbrachte einen ganzen Tag damit, Unkraut für eine Platte mit abgestandenem Reisbrei auszurotten! Ich machte eine verrückte Jagd auf Schnecken und Austern in diesem Teich und so! Und du?

Du hast ein Armenhaus für meine hart verdienten Körner eröffnet! Wie würdest du die Tortur bei der Herstellung eines einzelnen Getreides empfinden! Ihr verhätschelten Frauen dieser Tage! Ihr Mann verdient hart; Schwiegereltern Gangamoni kämmt Münzen sogar auf Fäkalien und so verstehen Sie nicht, was was ist; Erinnern Sie sich nicht - ein Mann floh und tötete eine Hausfrau für nur einen Thali Reis?

Mit weit geöffneten Augen beobachtete Gangamoni die Säule der Teufel, die sich länger vom Hof bis zu den dicken Grasflächen erstreckte - dort hatten sie sichere Abstände zu einem großen Loch eingehalten und eine Kurve gemacht, um am Sockel der Lehmwand anzuhalten. Es gibt einen großen Hohlraum, die Säule geht hinein und kommt heraus, als ob eine Armee in den Krieg geschickt würde und Verstärkungen den leeren Raum füllten. Ach, ich ! So unglückselig ich auch bin, alle haben sich verschworen, um meine Körner auszubeuten. Die Teufel achteten nicht darauf. Eine große Klaue führte die Prozession an. Die Säule wurde ordentlich verwaltet, ohne Platz zu geben, kleinere Arbeiter waren damit beschäftigt, Reis mit tadelloser Disziplin zu tragen. Zwischen einer Reihe von fünfzehn oder zwanzig

Personen gab es einen kleinen Raum und dahinter eine weitere Reihe, von denen jede einen flachen gekochten Reis auf ihrer Kralle trug.

Gangamoni versuchte, die Zahlen zu zählen, konnte aber nicht „Wenn diese Plünderung in der gleichen Geschwindigkeit vor sich geht - jedes Mal, wenn eine Pfote voll Reis verschlungen wird;

Sie hatte Angst : Sie begann mit ihren zerlumpten Füßen auf der Säule zu scheuern. Wut entstellte sie; sie schien eine Frau mit einem deformierten Körper zu sein, mit einem unbeholfenen Mund und Zähnen. Ihr Haar zerzaust. Groß aufragende Augäpfel, schreiend, begann sie mit aller Kraft zu scheuern und die Luft zu zerreißen. Aber die Teufel waren schlau. Sie schlüpften durch das kleine Zimmer, das sie unter ihren Füßen hatten, und selbst als sie schwer gerieben wurden, blieben sie daran gewöhnt, ihren Besitz nicht zu verlassen.

Gangamoni rief noch einmal – "Seht, ihr launischen Damen, wie ein winziges Insekt ums Überleben kämpft".

Und du?

In diesem Moment eilte die älteste der Schwiegertöchter herbei.

Was ist hier los? Warum schreist du und ziehst die Aufmerksamkeit der Nachbarn auf dich? Wir sind noch nicht gestorben, klar? Sie tragen zur Freude der Nachbarn bei. Sie leihen neugierigen Ohren.

Warum werden sie es nicht wissen? Habe ich etwas zu verbergen? Dies ist Gangamonis hart produzierter Reis. Da ihre Familie aus ihren Lungen besteht, ist ihr Vater auch in ihrem Blut getränkt. Wie kann sie es ertragen, wenn sie zerstört wird?

Maa, stimmt es nicht, dass die Ratten in die Felder eindringen, die Vögel ihre langen Schnäbel ziehen, selbst die Heuschrecken fressen den Kern?

Das ist jenseits deiner Augen, meine liebe Schwiegertochter. Wie konntest du erwarten, dass ich am helllichten Tag ein Cifer zu diesem Dacoity bin? Soll ich nicht nachsehen? Du, als der Älteste, sollst wissen, wie du dein Haus halten sollst, sonst warum soll dein Haus dich halten?

Ma, dass man Reis in einer großen Dose kocht. Die zweite ist das Abschälen von Gemüse. Es gibt nicht genügend Feuer im Ofen. Ich muss hin und her laufen und beaufsichtigen. Wie konnte ich zusehen, wie der Reis in der Sonne trocknete?

Worte fallen so schnell aus deinem Mund, meine Liebe. Sicher, ich kann keine Steuern auf deine Zunge erheben. Was ich sagen will, du musst deine Augen in zehn Richtungen gleichzeitig offen halten. Männer sind nicht besser als Gäste im Haus. Sie kommen und gehen. Du bist die Frau, die Seele dieses Hauses. Du musst alle möglichen Ecken flicken. An der Stelle, an der Sie die Trägheit eines Moments zulassen, werden Einbrecher eindringen.

Diesmal warf die zweite Schwiegertochter ihre Stimme, Didi - beeil dich in die Küche, der Reistopf hat sich am Boden verbrannt.

"Unrecht erworbene Reichtümer werden von Monstern aufgefressen; du lebst nur in Rätseln. Wem willst du den Reichtum dieses Yaksha geben? (dem geizigen Gott des Reichtums)Du schließt deine Augen und die Welt, bevor du in tiefer Dunkelheit schmilzt. Du fällst auf den Staub, Staub verschlingt deinen Reichtum. Wer frisst wessen Milbe? Du schließt deine Augen und die Leute werden in deine Existenz graben. "- Jemand schüttete ihr diese Worte in die Ohren. Wer war es?

Ein halb murmelndes, liedartiges Summen kommt aus ihrer Kehle: Du führst die Fähre/ über diese Welt von uns/ oh Fluter: oho, oh Fluter-r-r

So sang der alte Gangamoni in den Gemüsegarten, um das Wachstum von Gurkendickichten zu überwachen, die auf dem Zaun grün schleichen. Rund um das Haus gab es eine Flut von grünen Gurkenpflanzen. Schwarze Hummeln waren auf der Brinjal-Blume zu sehen; gelbliche Kürbisblüten sahen aus wie gefaltete Hände, die Gebete an die Sonne darbrachten. Grüne Chilischoten sahen aus wie Kinderfinger.

Gangamoni war außer sich vor Freude, als sie den Finger der Dame und den Kräutertee in grüner Freude erblühen sah.

Sagt sie: Das sind meine Enkel und Enkelinnen. Kann ich mich von dieser Welt verabschieden und sie alle zurücklassen? Mein Haus ist ein volles Haus. Oh mein liebster Fährmann, ich leide. Ich kann meinem vollen Haus nicht Lebewohl sagen: Was für eine große Zuneigung verbindet mich damit: Wer hat diese Missetat begangen? Wer ist in der

Zwischenzeit die unfruchtbare Frau, der Nachkomme einer Witwe, die zwei meiner Gurken gestohlen hat? Er wird Lepra an ihren Händen haben, da bin ich mir sicher! Heute Nacht wird sie an Dehydrierung, an Cholera sterben. Siehst du, gestern habe ich die Blätter durchsucht und zwei Gurken zum Wachsen gelassen und heute sind sie weg! Iss, iss - du Gourmet und stirbst. Zwei Gurken - mindestens sieben- bis achthundert Gramm - in diesen Tagen, während der Preis hoch steigt?

Sie fand zehn oder zwölf von ihnen heraus und behielt sie in ihrem Weidenkorb. Sie murmelte, heute nicht mehr. Diese stehen noch in ihren Blüten. Sie ging in die Reihen der Fingerpflanzen der Dame; zerschlug einige mit einem Messer; pflückte grüne Chilischoten. Dann bereitete sie sich darauf vor, zum lokalen haat (Marktplatz) zu gehen.

Zwei der Enkelinnen standen da und hielten ihre gierigen Augen auf die Gurken. Gangamoni schalt sie und sagte: Warum wirfst du einen gierigen Blick? Gier führt zur Sünde, Sünde zum Tod. Wenn du das Haus deines Schwiegervaters betrittst, wird deine Schwiegermutter dir den heißen Kochspud auf die Zunge braten. Wir werden die Last der Schuld tragen müssen - dass unsere Tochter eine Feinschmeckerin ist. Weg, ich bringe euch Koteletts aus dem Haat.

Der alte Gangamoni geht regelmäßig - unabhängig von den Jahreszeiten - in die Hütte, sei es im Winter oder im Sommer. Der ältere Sohn protestiert liebevoll: Maa, ab heute muss man nicht mehr auf die Hut gehen.

Sind wir nicht hier, um das zu tun?

Stimmt, du bist da. Aber was wird es hinzufügen, um mein Leiden zu lindern? Weißt du, Wasser aus einem einzigen Krug landet, während du weiter daraus gießt. Ich sage dir ein Rätsel: Ein Hüllenpedal gab es, einmal/ du schneidest es jeden Tag/und es gibt/ keine Chance, es wird den Verfall bekämpfen/ Sie fügte hinzu: Wie viel braucht diese hungrige Familie von zwei Generationen von Enkeln und Enkeltöchtern, um ihren großen Krallenofen zu füllen? Heute habe ich Kraft und arbeite hart. Morgen könnte ich es verlieren und fallen. Was für ein Mammutleiden wir durchmachen mussten, bezeugt ihr.

Maa, das war eine harte Zeit. Das ist vorbei. Jetzt, wo wir auf unseren eigenen Füßen stehen, warum ruhst du dich nicht aus? Jetzt bittest du mich, mich auszuruhen, ein Tag könnte kommen, an dem du mich zwingen wirst, zu gehen. Dann wirst du sagen: Warum klammerst du dich ans Bett? Du schläfst das letzte Mal. Hör zu, wenn du dich erst einmal ausgeruht hast, bist du weg. Und wenn ich jetzt ruhe, wird die Ruhe zum letzten Schlaf führen. Der Mensch lebt von harter Arbeit allein. Ich habe mein ganzes Leben lang gearbeitet und konnte dich so erziehen. Nun, da sich die letzten Jahre nähern, warum sollte ich meine lang gehegte Gewohnheit brechen? Harte Arbeit hat keine schlechte Seite.

Dann schaut Gangamoni auf ihren Weidenkorb.

Oh, wie soll ich mit so einer kleinen Menge an den Hut kommen? Lass mich, wenn ich noch etwas bekomme.

Gangamoni verließ den Gemüsegarten und betrat die Bananenplantagen. Sie war aus dem Labyrinth des tiefen Laubs nicht zu sehen. Nur man konnte hier und da die Bewegung der Bananenblätter sehen. Nur ein klopfendes Geräusch war zu hören. Plötzlich hörte man ihre schrille Stimme die Luft vibrieren:

Du, Nagenia, wo versteckst du dich? Ich hatte eine Ansammlung von "Martaman"-Bananen unter dem Deckmantel von Blättern getarnt, sie wurde nur gelblich, niemand konnte etwas wissen, niemand bemerkte es, aber Nagenia hat es bereits bemerkt: Und er hat den hinteren Haufen herausgeschmuggelt! Nun, Brot, es könnte zwölf Dollar für einen Satz von vier einpacken. Und die Nachkommen der Rakshasas würden alles verschlingen.

Ein paar Schritte weiter war die dicke Dunkelheit des Bambusklumpens. Es war eingezäunt. Gangamoni handhabte zart mit Kürbisgewächsen, um eine Frucht abzupflücken - aber sie sah etwas und blieb plötzlich stehen.

In der Dunkelheit, die sich auftürmte, sah sie einen roten Fleck. Ok! Es ist sicher das Aanchal (Ende eines Sarees einer Frau) eines rot gefärbten Sarees und………. Der Schatten eines Mädchens………………… wer könnte dieses Mädchen sein? Sie hörte ein Flüstern oder einen sanfteren Verlauf verliebter Erwiderungen.

Wer könnte dieser Romeo sein - jenseits des Zauns ? Rate mal - wer könnte es sein? Drehe einfach einmal dein Gesicht in diese Richtung, dann werde ich dich auf frischer Tat ertappen: Den Weidenkorb auf dem Boden zu halten Gangamoni stand verblüfft da. Ah: Und das ist meine liebste Enkelin Fulmoni: Sie war an der Schwelle von siebzehn Agrahayana. Huh!Am Tag zuvor war sie zungengebunden, zu schüchtern, um zu reden. Unter dem Mantel des Schweigens eine so intelligente Entwicklung!Gangamoni hatte Angst, dass Schlangen durch jede Leckage ungeschirmt in ihre Familie eindringen würden. Alles, was gesetzt ist,wird durcheinander sein.

Sie hörte das leisere Geräusch eines gedämpften Kicherns. Und das klingelnde Geräusch der Armreifen.

Gangamoni murmelte: Du schamloses Mädel, dir sind zwei größere Flügel gewachsen! – Warte, ich zeige dir, wie der Tisch gedreht wird.

Sie wollte gerade vorrücken, während sie anhielt. Nein, wenn sie jetzt unterbrochen werden, werden sie wachsam sein. Lassen Sie mich hören, in welche Art von Chat sie vertieft sind. Lassen Sie mich hören, wie sich der Geschmack konzentriert hat.

Und siehe da! Dieses Mädchen geht zur Schule. Wird bei der Höheren Sekundarprüfung erscheinen. Die Untersuchung ist eine Ausrede, sie geht, um die unruhigen Jungs wild für sie zu machen. Jeden Tag neuere Frisuren. Das Ende eines Haares tanzt wie die Haube einer Schlange. Jedes Mal, wenn sie zischt. Sie wird Knoten mit roten Bändern oder blau machen. Puder auf Hals, Rachen und Wange sprühen. Körperspray streuen, Augenbrauen machen. Fügen Sie passende Schweißspitzen zwischen die Brauen ein. Einer ist groß, ein anderer beträchtlich klein - was für eine Mode. Ist das überhaupt Bildung? Ich habe sie wiederholt gewarnt, Frauen, wenn sie zur Schule gehen dürfen, werden sie wild.

Die Augen dieses Mädchens tanzen und so ihre Brüste. Heute ist der letzte Tag dieses Hobbings. Lass mich die Türen versiegeln.

Das Gespräch von der anderen Seite wurde hörbar. Gangamoni lieh ihre Ohren und stand regungslos da. Aber wer könnte dieser Krishna sein? Der Fischer hat sein Netz in einem sehr kristallklaren Wasser ausgebreitet. Meine Enkelin ist der Aufmerksamkeit nicht unwürdig, sie ist reich an Schönheit und Qualitäten.

Fulmoni hat ununterbrochen geredet - Samarda, stimmt es nicht, dass du heutzutage nicht zu uns nach Hause kommst?

Gangamoni ist erschrocken.

Was zum Teufel! Sie sind bei Dolchen mit unserer Familie gezogen: Die beiden Familien hatten viel Streit, der sogar zu Blutvergießen führte. Eine Reihe von Fällen wurde eingereicht. Pfui über dich, Fulmoni, ein Mädchen wie du sehnt sich danach, einen solchen Prahllad aus dem Monsterstammbaum zu heiraten. Nimm es mir weg, dieser Zaun wird niemals durchbrochen werden. Stimmt, Samar ist ein Diamant der Diamanten, aber sein Vater? Der Richter wird sein Urteil ändern, er wird es nicht. Er ist so ein gnadenloserChandal (Männer niederer Herkunft und grausamer Natur).

Man hörte Samar sagen: Wie kann ich hingehen? Siehst du, du hast diese alte hartnäckige, launische Großmutter, ich habe Angst vor ihr. Und um ehrlich zu sein, ich habe nur einen Monat Urlaub, wie viele Orte kann ich besuchen?

Gangamoni wird wütend. Sie ruft zu sich, du nennst mich hartnäckig, wie nennst du deinen Vater? Sie murmelt, oh du undankbare Welt, du hast nur meine Hartnäckigkeit gesehen?

Fulomoni sprach weiter. Gangamoni verstand, dass die Stimmung von ihr aufflammte. Sentiment hatte seine eigene Farbe. Es geht in die Tiefe des Geistes und klopft. Es hat seine Wurzeln tief. Gangamoni hat Angst.

Fulmoni fährt fort: In einem Monat wird die Schwester deiner Schwägerinnen fünfzehn Tage brauchen und die restlichen fünfzehn werden in viele Einladungen aufgeteilt. Retched Fulmoni bekommt nur zwei Tage und das ist nichts anderes als ein zielloses Wandern in der Wildnis? Warum? Warum hast du nicht den Mut, dich der Realität zu stellen?

Was für eine Metamorphose! Und das sind sicherlich die Worte eines echten Verlobten, sagte ein erstaunter Samar. Nehmt es, diese Liebe und ihre Nebensächlichkeiten sind falscher Unsinn. Jetzt vergleichen wir die Mädchen mit der zweiten Hooghly-Brücke, glänzend und doch erheblich komplex. Wie Flüsse mit gefährlichen Kurven.

Nein,nicht so Samarda. Tatsächlich machst du gefährliche Wendungen. Heute eilt dein Geist in Richtung der zweiten Hooghly-Brücke.

Du das frühreife Mädchen:-

Samar rückte näher als zuvor.

Hey, was hast du vor? Nein, nein, ich protestiere - ihre Stimme wurde schwach und so weich wie Schlamm.:

Halte dich fünf Meter entfernt.

Hemmung? Samar runzelte die Stirn.

Ich weiß es nicht.

Du bist geizig genug. Die Enkelin einer geizigen Oma. Okay, Adieu. Wir werden uns nie in unserem Leben treffen. Auch wenn du deine Tränen unaufhörlich strömst.

Nein, bitte geh nicht. Fulmoni schluchzte.

Danach herrschte Stille. Gangamoni begann diese Stille zu fürchten. Angst traf sie durch Spannhaken. Was daraus geboren wird, weiß ich nicht. Dies war das gleiche Gefühl wie zu dem Zeitpunkt, als ein dickbauchiger Ochse ihr ausgewachsenes Land betreten hatte. Alles wird von ihm geplündert werden.

Gangamoni würde in diesem Moment nicht entscheiden, was zu tun ist. Selbst wenn sie ihre Kehle räumen lassen würde, hätte die Romeo eine sichere Rückkehr, aber Fuli?

Wie wird sich Fuli zurückziehen? Wenn sie zurück will, muss sie hierher kommen. Gangamoni wusste, was für ein hartnäckiges Mädchen sie war. Scham - geschlagen, sie wird nie auf diese Weise kommen - wenn sie weiß, dass Gangamoni hier ist.

Gangamoni hörte nur Flüstern. Dann ein lautes Vibrieren der Atmung. Oh Gott,was für ein Skandal! Dann kam das Geräusch von gekämpften Küssen. Sie zitterte. 7

Muschelschalenfrüchte (eine Art weiße Sukkulentenfrucht, kartoffelartig, in Form der Muschelschale) wurden von den zu verarbeitenden Feldern genommen. Eine riesige Menge an Süßkartoffeln. Gangamoni war auf den Feldern und bewachte streng. Die Kinder - Meni, Dulari, Shyama und Nagen. Der älteste des ältesten Sohnes Nagen saß mit großen Augen auf der Feldseite. Seine Augen drehten sich um, dann wurde er auf die Obstkörbe geheftet. Langgeformte, rundäderige weißliche große und kleine Früchte schienen die Körbe zu beleuchten. Die Aufmerksamkeit der Kinder wurde auf die Großen gelenkt. In diesem Moment betrachteten sie ihre Großmutter, in diesem Moment waren sie auf den Vater und den Onkel gerichtet. Keiner von ihnen hatte eine Sprache im Gesicht, denn das Gesicht von Oma war furchtbar kühl. Sie berechnete und wog schweigend. Wie viele Kilogramm diese Körbe voller Früchte sein würden, wie sie die Aufmerksamkeit der Einzelhändler auf sich ziehen würden - sie dachte über all diese Fragen nach. In der Zwischenzeit begann Nagen, der in der Nähe der Oma saß, sich heimlich zu bewegen und, sich einem der Körbe nähernd, eine große Frucht zu jagen und wegzulaufen. Die Kleineren ergriffen die Gelegenheit und riefen: Oma-Dada stiehlt die große weg...............

Gangamoni klang schrill: Seht ihr alle, diese Familie der Rakshashas wird alles auffressen. Wenn die Erosion in dieser Geschwindigkeit weitergeht, reichen 365 Bighas Land (eine Bigha 40-50 Dezimalstellen) für 365 Tage im Jahr nicht aus. Ich sage, du die Älteste, ob deine Frauen noch ein Körnchen gesunden Menschenverstand haben? Können sie ihre Kinder nicht verwalten? Der älteste Sohn eilte wütend zu den Kindern, um sie laut zu schlagen, aber der damalige Nagen hatte bereits den Graben überquert. Die Schwiegertöchter standen und beobachteten die Szene auf dem Hof. Jetzt gerieten sie in Wut, alles auf einmal.

Kinder sind kein anderer als Lord Narayana. Unsere Schwiegermutter schnappt sich das Essen der Kinder und geht in den Hafen, um es zu verkaufen. Wird sie nicht vom Herrn verflucht sein? Es ist nur eine Muschelschalenfrucht, aber sie spricht Bände. Ob sie ihre Milch verkauft hat, während sie ihre eigenen Kinder großzog? Das traf Gangamoni tief.

Was? Kannst du Gangamoni vorwerfen, dass sie ihren Kindern nichts zu essen gegeben hat? So eine unerträgliche Demütigung für mich. Wer hat diese Familie auf den Weg des Fortschritts ausgerichtet? Für wen bist du, meine liebe Göttin Lakshmis, in diese Familie gekommen? Ich hatte ziemlich viele Kinder. Ich brachte sie ans Licht dieser Welt und züchtete sie auch. Du tadelst mich und sagst, dass ich den Verstand der Kinder nicht verstehe. Nur du? Wer ist gestern gekommenVerständnis? Hier, behalte die Schlüssel, du der Älteste, übernimm die Verantwortung für die Familie, ich bin bereit, auf diese Welt zu verzichten. Du kümmerst dich um dein eigenes Haus, warum soll ich für dich sparen - vielen den hungrigen Mund nehmen - ist es nicht für deine Zukunft?

Auf dem Weg zum Hut, während sie die glühende Sonne wie in Trance anbrannte, spürte sie plötzlich, dass alle vier Richtungen vor ihren Augen leer geworden waren. Die Last auf ihrem Kopf wurde allmählich leichter. Ein Gedanke schwebte über ihrem Kopf: Für wen trage ich die Last? Ich trage die Last seit Tagen. Jetzt ist es an der Zeit, die Verantwortung auf die Schultern anderer zu verlagern – und sich zu verabschieden.

Nein! Ich werde nicht gehen können - wegen Fuli. Ich habe noch so viele Aufgaben zu erfüllen.

Sentimentale Fuli zeigten wieder ein weiches Gesicht vor ihr. Ihr Fall muss beigelegt werden, damit keine Sünde ihren bösen Schatten wirft.

Am Abend, als Gangamoni nach Hause zurückkehrte, sah sie im Laternenlicht die Muschelschalenfrüchte, die in völliger Vernachlässigung lagen, und zahlreiche Teufel jagten ihnen nach. Zu anderen Zeiten hätte sie darüber Furore gemacht, aber jetzt äußerte sie nichts mehr. Ihr Gesicht sah besiegt aus.

Sie sprach mit sich selbst, als ob in einem Selbstgespräch, bin ich so unfreundlich, dass Männer mich nicht berühren, nur die Insekten finden in mir ein sichereres Essen?

Dieser Mann sagt, die Mutter eines anderen sei gestorben. Der andere Mann bezieht sich auf einen anderen und erkennt, dass sich jeder blind an alle irdischen Besitztümer klammert, sagt - das ist meins, das ist meins, aber weiß er nicht, wie sein Leben verkürzt ist und er in einem

Moment weg ist? Der dritte fügt hinzu, der Tod hat ihn gerufen und so ist er weg.

Gangamoni will keinen Beschwörer. Sie will alle vier Elemente des Lebens - diese Erde mit ihrer Luft, ihrem Licht und Wasser und den Menschenmassen. Sie liebt ihr Geschrei, wer will diese schöne Welt verlassen?? Das Leben spiegelt seine eigenen Illusionen in den Augen derer wider, die immer davon sprechen, dass ihre Beine bereit sind, dieser Welt zu entkommen. Selbst wenn ich einen Schritt in den anderen weltalten Ramdas halte, sage ich, dass ich Fleisch nehmen werde. Er ist ein Vaishnaba.

Es war ein weiterer Tag, an dem Gangamoni für einige Zeit halb wach auf dem Bett lag, plötzlich aufwachte und ausrief: Die Zeit ist knapp. Ich soll scharf aussehen. Ich habe noch eine Reihe von Aufgaben.

Das Gesicht von Fuli ragte groß auf.

Sofort rief Gangamoni Fuli an. Ihre Stimme war liebevoll.

Fuli, komm her und ruf die anderen beiden Schlampen. Komm, lass mich deine Haare machen.

Fuli spürte zuvor Gefahr. Hat Oma etwas gesehen? Sie traf Samar viermal nach diesem schicksalhaften Tag. Sie wird nervös bei diesem vorzeitigen Aufruf, sich die Haare zu machen. Sie sitzt in der Nähe von Oma, hat aber Angst, einen Blick auf ihre kommandierenden Augen zu werfen.

Wann enden Ihre Prüfungen?

Im Monat April, nächstes Jahr.

Ich kann die englischen Monate nicht zählen, sag mir das bengalische Äquivalent. Falguna, nehme ich an? Die Bäume haben im Monat Falguna Knospen gepflanzt, da bin ich mir sicher. Darf ich Sie fragen, ob Sie vorgetragen haben? Komm, du bist die moderne Jungfrau, warum errötest du? Schau, was für ein Haarknoten ist das? Ich denke, dein aktueller Verstand kann mit deiner aktuellen Haarmode verglichen werden - du fliegst immer auf Flügeln, tanzt und tanzt gleichzeitig.

Fuli senkte die Augen. Es schien, als wäre sie in der Falle.

Jetzt ist es an der Zeit, dich zu heiraten. Lass mich los.

Glaubst du, ich lasse dich gehen? Setz dich hier hin. Amouröse Gespräche, wenn man ihnen sagt - ihr Jungfrauen, seid unruhig. Siehe, Sie haben Haare, die bis zu Ihrem Gesäß reichen: Und………. Sehen Sie, ohne Öl zu verwenden, wie Ihre aktuelle Mode diesen Schatz beschädigt hat, sehen Sie, Hure. Komm, lass schmiere deine Haare mit Kokosnussöl. Nein, Kokosöl ist für Sie rückdatiert. Du brauchst Jabakusum. Ich werde es morgen vom Hut kaufen. Und du - puchi, meni, shyama - bist du ein Didi-Lehrling? Lassen Sie Sie alle ein wenig in Körper und Geist entwickelt sein, dann tun Sie es. Nicht jetzt.

Sie haben nichts verstanden. Also starrten sie.

Gangamoni hat das Haar mit großer Zuneigung beschmiert. Sie sprach mit einem liebevollen Ton - meine Hände sind zerlumpt, du wirst diese nicht mögen. Lass dich heiraten, dann werden die Hände deines Mannes teurer sein.

Fuli konnte ihre Lippen nicht für ein Lächeln öffnen. Sie würde auch nicht entkommen.

Niemand weiß, wann mein letzter Moment kommt. Zuvor möchte ich die Freude an Fulis Ehe teilen. Hey, Fuli, hast du dich mit irgendjemandem verlobt?

Die Frage traf tief und Fuli hatte Herzklopfen.

Hier rufe ich dich, die älteste Schwiegertochter.

Warum? Die Älteste kam mit fröhlicher Stimmung.

Ich werde Fulis Heirat arrangieren.

Das ist eine gesegnete Nachricht, Maa-

Ich habe einen Juwelenbräutigam, ich hatte schon ein Auge drauf.

Stimmt das? Lass es mich hören?

Das ist eine lange Geschichte der Konfrontation.

Das Gesicht des Ältesten wurde blass.

Hör zu, du, die Älteste - ich werde Fulis Ehe regeln, sobald die Prüfung vorbei ist. Lassen Sie sie nach der Heirat eine beliebige Anzahl von Prüfungen bestehen, wir kümmern uns nicht darum. Und das ist ein großer Vogel auf einem großen Baum, wenn er einmal wegfliegt, kannst du ihn nicht erreichen - was sagst du, Fuli? Fuli versucht aufzustehen.

Nein, du wirst nicht befreit, auch wenn du von hier weg bist.

Setz dich hier hin. Gangamonis Gesicht nimmt einen unnatürlichen Farbton an, Schmerzen schlagen tiefe Wurzeln. Aus tiefstem Herzen, verstört, schüttet sie ein paar Worte aus. Es stimmt, Sie werden heiraten, aber Sie müssen einige Lektionen lernen, um Ihr Haus in Ordnung zu bringen. Dieser alte Gangamoni ist sehr bitter, niemand schluckt. aber es gibt Süße unter seinem bitteren Gewand, wie es süßen Honig gibt, im bitteren neem-Blume - niemand sucht sie. Lassen Sie mich Ihnen ein altes Sprichwort sagen. Es liegt eine subtile Suggestivität in Worten. So wie Sie es meinen, das Gute, das es bringen wird:

Ein hoher Holzsitz, auf dem sie sitzt/ Fängt keinen Schmutz, während sie kocht/ im Sommer benutzt sie Stroh und Dorn/ spart Holz für Regen, allein/ sie gibt entsprechend dem Verdienst aus/ Schwiegereltern, die sie auch in Not bittet/betrachtet immer ihren Mann, wahr/ errötet, während sie Gäste empfängt/ wartet auf sie mit Essen und Ruhe/ sie holt Wasser in Krügen voll/ senkt ihren Kopf und sieht keinen Narren so, wie sie geht, sie kommt gleich/

eine ideale Ehefrau, gibt Daak den Namen.(Eine uralte Tradition des ethischen Schreibens)

Was bedeutet das? Ihr Narren. Komm, lass uns gehen.

Gangamoni nahm alle mit und ging auf die Felder. Plötzlich ereilte sie ein seltsames Gefühl, sie schrie in völliger Niedergeschlagenheit auf. Fuli brach in hilflosen Schrei aus und fragte, was dich bedrückt, Großmutter? Warum weinst du? Gangamoni murmelte. Sie bot einigen unsichtbaren Göttern Praname an. Was sie tatsächlich sagte, Fuli und Schwestern konnten keinen Kopf oder Schwanz daraus machen.

Gangamoni neigte den Kopf vor jedem Pflaster von Gemüsepflanzen.

Fragte Nagen ängstlich, O, Gramma, was machst du?

Fuli wiederholte die gleiche Frage.

Nichts, antwortete sie. Lange habe ich von diesen Pflanzen genommen. Meine Schulden haben sich jeden Tag erhöht. Ich habe den Zorn von Mutter Erde gegeißelt, heute bereue ich und drücke meine tief empfundene Angst aus. Oh Mutter Erde, bitte vergib mir.

Plötzlich tat sie etwas Seltsames, was sie vorher nicht getan hatte. Sie fuhr fort, grüne Gurken zu pflücken und unter den Kindern zu verteilen. Iss, ihr Kinder, iss.

Heute trägt sie grüne Bananen, reife Papayas und Brinjal. Sie lacht in den Ärmeln, während sie weitergeht. Zeichnet Bilder im Hinterkopf. Sie hat dem Goldschmied den Auftrag erteilt, drei Sätze Halsketten für drei Enkelinnen herzustellen. Fuli wird sicherlich wunderbar aussehen. Nagenia erhält ein Amulett. Sie wird heute Abend über Fulis Ehe sprechen. Andernfalls kommt es zu einer übermäßigen Verzögerung. Gangamonis Augen sind voller Tränen. Nach und nach sieht sie die Vision ihres eigenen Hauses, der angrenzenden Grundstücke. Das Land der Familie benötigt eine Erweiterung um weitere Grundstücke. Das Geld, das sie hat, wird sie vollständig für den Kauf von Land geben. Es wird zwei Bighas wert sein, das Eigentum wird gemeinsam sein, so dass es nach ihrem Tod keinen Streit unter den Brüdern geben wird. Jeder wird den gleichen Anteil haben.

Kaum hatte sie ihren Korb auf den Hut gelegt, war alles sofort verkauft. Ein oder zwei der Bekannten fragten: Mousi (Tante), warum kommst du in diesem Alter an die Haat?

Wird diese zerbrechliche Struktur eine solche Tortur ertragen?

Antwortete Gangamoni mit einem Lächeln. Nein, nicht mehr. Von nun an werde ich mich ausruhen. Mein ältester Sohn hat es so lange erzählt.

Gangamoni kam innerhalb kurzer Zeit aus dem Hut. Sie konnte vorher noch nie so schnell rauskommen. Der Goldschmied lieferte auch schnell. Sie bewahrte die Ornamente in einem Beutel auf und steckte sie unter ihre Kleidung in den Unterbauch. Sie dachte ein wenig nach und kaufte ein Kilogramm Rasgullas aus einem Süßwarenladen ; lächelte in sich hinein.

Sie dachte daran, eine Van-Rikscha zu mieten, tat es aber nicht.

Sie ging einen weiten Weg vom Hut. Jetzt fühlte sie, dass es ihr an diesem Tag nicht gut ging. Sie taumelte und alle Bäume am Straßenrand schienen geschwärzt zu sein.

Die Sonne hatte scharfe Klingen. Die Verhandlungsfelder auf beiden Seiten der Pucca-Straße schienen in Flammen zu stehen. Zwei Kilometer zu verhandeln war für Gangamoni kein Problem. Sie sammelte sich und ging wie gewohnt auf die Felder. Sie warf einen Blick in den Himmel und sah einige Geier in schwindelerregender Höhe. Es gab keine anderen Vögel. Sie ging - aufmerksam - mit. Aber sie verlor den natürlichen Rhythmus des Gehens. Stärke verriet sie. Sie erfuhr eine enorme Müdigkeit, wenn der Weg nie enden würde. Ihre Kehle trocknete aus. Sie versuchte, Speichel bis zur Uvula zu ziehen. Aber es gab auch einen monströsen Zug im Mund. Tiefe Krämpfe blockierten alle Wege um die Uvula und sie litt unter Atembeschwerden. Sie kämpfte darum, es herauszuhusten, und scheiterte. Ein ungeheurer Durst überwältigte sie; als ob alle Poren an ihrer Haut in lautem Jammern weinten. Sie fand keine auf dem Weg………..starrte in den Himmel, um um Wasser zu beten, aber……………. Ihre Augen sahen einen Nebel……………eine trübe Vision da war…………….. feuerbeladene Luft spritzte ihre Augen…………..schwach hörte sie jemandes Schritte……...erschrocken drehte sie sich um, sah aber keine. Wieder einmal die Schritte und wieder sah sie zurück………..ihre dunkle Vision entdeckte keine.

Mit unruhigen Schritten taumelte sie weiter. Sie beeilte sich, erschrocken. Sie brauchte verzweifelt ein wenig Wasser, ein wenig Wasser, sie musste sowieso………….Sie behielt das Lächeln mehrerer Leben bei sich, sie wurde vorsichtig. Ihre Enkelinnen warteten sehnsüchtig auf sie. Fulis Freude würde keine Grenzen kennen………….. Das illusorische Gesicht von Fuli schwimmt über einen Ozean… es ist nicht umsonst, dass der Typ hinter ihr her ist…

Sie konnte nicht einmal einen Zentimeter groß sein… Sie fiel hin……...ihr Korb driftete auseinander, er rollte und rollte weiter. Sie, die am letzten Punkt des Bewusstseins war, spürte, dass eine große Säule von Teufeln in sie hineinfresste, sich frei bewegte, die Vitalstoffe essen würde und… sie verlor die Kraft, sogar ihre Hände hochzuheben.

Sie kämpfte darum, ihre Augen zu öffnen……………..und sie sah den Tod in ihrer Nähe stehen…………….sie sah ihn wiederholt schreien: Komm, du Sterblicher… deine Tage sind vorbei!

Moment: Sie rief aus. Wie könnte ich mit dir gehen? Ich habe immer noch so viele Aufgaben, die nicht erfüllt wurden.

Ich werde nicht gehen, nein. Mit gebrechlichen Händen ergriff sie die Erde, stieß ihr Gesicht hinein, von den Überresten der Reiswurzeln gestochen, verbrannte sie ihr Gesicht auf dem Boden, heiß, brennend, stechend.

Doch sie rief aus – du Himmel, brütet ihr eine Verschwörung gegen mich aus? Ich darf nicht gehen……………..Ich darf nicht…………..

Wieder einmal wurde sie in ein tieferes Koma versetzt………….Moment für Moment…… schlich sich der Schlaf langsam……..aber sie wollte nicht schlafen, sie wollte wach bleiben, und in

dieses Tauziehen versuchte sie verzweifelt, ihre sinkenden Augen zu öffnen……Sie bemerkte den großen Exodus einer großen Ameisensäule…………….es war, als ob die gleiche Säule, unermüdlich…… unerbittlich……..selbst wenn sie gerieben wurde, hatte sie ihren Halt auf dem Reisfeld nicht verloren……….aber jetzt schien sie ihre Sinne zurück zu bekommen.. nahm ihre Kraft, um………hey,unfreundlicher Gott,du der Herr Yama(Gott des Todes)..Nein, ich werde nicht gehen, nein…………..ich muss Vorsorge für die Regentage treffen……….sonst würde mein Haus, das Haus meines Traumes, weggespült werden…………Nein,du kannst mich nicht mitnehmen,nein……Es kam ein Gefühl auf ihrem Körper, als ob viele auf ihr krabbeln würden…….. Als sie die vorrückende Ameisensäule, die sie entdeckte, dunkel ansah, hatte sie viele Beine in sich entwickelt, und langsam, aber heimlich stand sie auf diesen Beinen,…. ihr Gesicht hing vor ihr, sie selbst sah aus wie eine Ameise……………. und…und……………. mit Hilfe zahlreicher Beine wurde sie gesehen, wie sie das Leben in die Ewigkeit trug.

****

Das Wazawan

Die 'Tash-t-Nari' wurde herumgereicht. Es war ein Mittagessen, das zu Ehren eines angesehenen Gastes veranstaltet wurde. Ghulam Mohammad Tantrys Hände waren, obwohl zerbrechlich, so warm wie das Wasser, das in Samowaren aufbewahrt wurde. Sanft bat er die Gäste, sich die Hände waschen zu lassen. Das taten sie.

Tantrys mürrisches Gesicht trug einen Hauch von Farbe - weder bräunlich noch purpurrot - aber kirschrot. Der alte Mann kämpfte hart, um den lang gehegten Stolz eines Freiheitskämpfers zu zeigen. Und warum sollte er es nicht sein? Dass er als Einzelgänger gelebt hatte - mit zwei Schusswunden, denen er 1931 trotzte! Und es war allen bekannt! Dass er gegen die grausame Ermordung von Abdul Quadir, dem ersten Märtyrer durch die damalige Dogra-Polizei, protestierte, war keine Schwanz- und Bullengeschichte! Und dass er ein Landsmann war, ein enger Verbündeter von Scheich Muhammad Abdulla, wer würde das leugnen? Aber er lebte traurig.

Niemand zeigte Respekt vor der Kugel von Lee Enfield, die sie damals benutzten! "Die Kalaschnikows haben viel von ihrem Glamour gestohlen", seufzte er. Sein Sohn Subhaan war damit beschäftigt, seinem Vater beim Warten auf die Gäste zu helfen. Er musste besonders vorsichtig sein, denn der eingeladene "Mehmaan" war keine kleine Pommes frites. Es war nicht der Chief Minister selbst. Er hatte so freundlich zugestimmt, seinem Haus einen Besuch abzustatten, begleitet von einer Galaxie von Sternen! Er dankte Allah, dass er sie so glücklich gemacht hatte, auf solche Koryphäen zu warten! Die Zeremonie fiel auch mit dem Fall des neunzigsten Geburtstages seines Vaters zusammen. Subhaan war glücklich, weil ihr Haus im Dorf Palhalan abstammend aussah. Auch die Innendekoration passte zu den Gästen.

Die Tische waren in Viererreihen angeordnet. Links saß Janab P.L. Handoo. Muhammad Safi Uri, Hakim Habibullah, Mahiuddin Shah und rechts Dr. Mustafa Kamal Ali Muhammad Sagar und Dilwar Mir.

Subhaan warf einen törichten Blick auf den Mitteltisch. Dort sah er den schlaffwangigen, arrogantäugigen Mann entspannt sitzen, bequem mit einem weidenartigen, weichen, samtigen Lächeln zwischen den Lippen. Die übliche schnelle Abfolge seiner zornzuckenden Salven von Retorten fehlte heute ungewöhnlich.

Stattdessen durchbohrten seine fröhlichen Geplänkel die Stille von Subhans Herz. Schlau, ohne jeden Grund, lief ihm eine Kälte über den Rücken. Er bemühte sich, mit dem ungewöhnlichen Funkeln in den Augen des Ministerpräsidenten völlig normal zu sein. Subhaan konnte seine lange, flötenartige Nase tief am Geschirr atmen sehen, aromatisch mit Kräutern serviert und mit den besten Produkten des Bodens gefüllt.

Hinter dem Vorhang war Noorie - Noor Jehan, Subhaans Frau. Ihr zehnjähriger Sohn Akbar, elegant gekleidet, hatte mit seinen schüchternen Augen geschmückt - die Blicke der Augen waren größer als seine. Noorie hatte lange Tage unter der Aufsicht der Waza (der Chefköchin) geplant, um die Köstlichkeiten zuzubereiten. Hinter dem Chic konnte sie die Anwesenheit von "Wazir-i-Azam" und "Sadar-i-Riyasat" ihres "Mulk" -wirklichenund humanen - spüren. Nicht der Sicherheitsflanke, der hastig von seinen Männern in einem kugelsicheren Auto weggeschleppt wurde. Sie konnte auch die Anwesenheit von Kommandos mit engen Lippen spüren, kühl mit fuchsartigen Augen. Plötzlich spürte sie eine Kühle, als hätte sie ein Messer aus Stahl berührt, das in Eis getaucht war. Sie öffnete den Fensterladen und io ! Was hat sie gesehen ! Sie war erstaunt, zwei Burqua-gekleidete Damen zu sehen, die wie Katzen auf ihr Haus blickten! So erfahren wie sie war, konnte sie nicht glauben, dass es sich um Damen handelte - da Burqua in moderaten kaschmirischen Familien ungewöhnlich war. Ein unheimliches Gefühl erfüllte sie. Sie schrumpfte vor Angst zurück und begegnete Akbars neugierigen Augen.

Überwältigt und geschlagen von einem Unbehagen, das schwer wurde, drückte Noor Jehan ihr einziges Kind fest gegen ihren Boss. Sie pflanzte gewaltsam einen Kuss auf die Stirn ihres Sohnes.

»Was dich bedrückt, Ammie«, fragte ein verwirrter Akbar.

»Nichts, mein Kind«, flüsterte Noor Jehan.

Im Speisesaal gab es viel Spaß und Spaß. Kam politische Wahl und Verwaltung. Und die viel gerühmte Zentrale Hilfe der Rupien eintausend crores, die für die Entwicklung des Tals freigegeben werden sollen.

Ghulam Mustafa schloss sich schwach an.

"Dein Vater war Kaschmir symbolisiert. Er lebte und starb für Kaschmir"

Der Ministerpräsident nickte zustimmend.

"Möge der allmächtige Allah so freundlich sein, dich zu einem weiteren " Sher-i-Kashmir "zu machen"

Der Chief Minister genoss nur Methi und Tabakmaaj. Auf dem Tisch vor ihm lagen Töpfe mit Raganjosh und Rista. (Spezielle Küche für den Wazawan, das bedeutet ein großes Festmahl, beliebtes, viel beschwörtes aristokratisches Essen, das zu besonderen Anlässen für die Gäste im Talleben angeboten wird. Enthält nicht weniger als 35-40 Artikel). Er hob die Augen und reinigte seine saure Kehle - „Ghulam Sahaab, sie sagen, ich habe mich dem Zug des Kongresses als ihr Lakai angeschlossen und mich gerade vor einem Salto gerettet! Sie haben auch meinen Vater angeklagt - als ob er das Abkommen von 1975 nur aus Angst verschluckt hätte, von der Macht ausgeschlossen zu werden! Sehen Sie - mein Vater baute 'Naya Kashmir' (Neu-Kaschmir) und doch 'in logonka complain hain ki, unhone riyasat ko aapna pariwar raj bana liya' ! Diese Leute sind das Salz nicht wert." Ghulam Sahaab starrte ihn nur an.

Der Chief Minister beschäftigte sich damit, einen Fünf-Gänge-Kebab zu verschlingen. Eine schreckliche Stille herrschte. Um die Lücke zu füllen, reiste Ghulum Muhammad zurück in die gute alte Zeit. Es schien, als hätte er aus einer fernen Welt gesprochen. „Ich erinnere mich an ein shayeri - das Lied einer Legende". Ghulam Mohammeds graue Augen schwammen über den Ozean des Vergessens : Zainagairi aab pheri /soweri manj laal neiri (wenn Wasser im Jainagar-Kanal fließen soll/ In Saura wird ein Juwel geboren).

"Und Scheich Sahaab wurde wirklich als Juwel von Saura geboren", verkündete stolz der Häuptling

Minister.

Ein inspirierter Ghulam Muhammad fuhr fort:

"Die Erinnerung an einen Moment ist immer noch lebendig in meinem Kopf, es war gerade vor der JAMA-Masjid. Scheich Sahaab saß neben einem sterbenden Mann, der an der Agitation gegen die Inhaftierung und den Tod von Abdul Quadir teilnahm. 31 Leichen ! Einige wurden wie Stücke von Kebab geschält. Tief gequält und aufgeregt sank Scheich Sahaab herab, um den letzten Worten des Sterbenden zuzuhören... "Wir haben unsere Pflichten erfüllt. Ich sage der Nation - meinen kaschmirischen Brüdern, dass sie jetzt ihre tun sollen - damit das Blut, das schuppen wird heutenicht vergeudet, er wird eines Tages keine Früchte tragen. Die Fackel, die heute angezündet wird, sollte am Leben bleiben, bis die Nation die völlige Freiheit erlangt "... und Scheich Saahib schwor beim Tropfen dieses Blutes...

Tantry konnte seine Rekapitulation nicht beenden. Ein Stück Döner, das an der kehle.

Sichtlich wütend schaffte er es schnell, es zu verschlingen. Subhaans Sohn Akbar eilte mit einem silbernen Krug Wasser herein. Der Ministerpräsident nahm einen hastigen Schluck und warf zum ersten Mal einen fragenden Blick auf den Jungen.

"Wer ist dieser Junge"? Fragte er Ghulam Muhammad. „Mein Enkel Akbar", antwortete ein stolzer Opa. "Comm'on. Lass uns plaudern, Barhudder"! der Junge war schüchtern. Der Chief Minister nahm den Jungen auf den Schoß und sagte: „Hör nicht auf. Lerne weiter. Wenn du deine Immatrikulation abgeschlossen hast, komm zu mir, ich werde dich zum Offizier machen. "

't war die Zeit für gustaba. Der letzte und beste Gang des Wazawan, das große kaschmirische Dessert.

Seitdem war ein Jahrzehnt vergangen. Der Abend begann im Dorf Palhalan im Bezirk Pattan. Es war November. Die Gipfel in nah und fern waren in Silber gekleidet. Die angenehme helle Sonne war die fernen Konturen des Bergrückens hinuntergegangen und eine kühle, sich abstützende Luft war gerade hereingestürzt. Akbar, der den ganzen Tag von einer Karrierejagd zurückgekehrt war, ärgerte sich über seinen Vater: siehe abba, das kann nicht lange dauern. "

Was redest du von meinem Sohn? "

Über diese verdammte Aufnahme in die B.Ed. College. Wusste ich jemals, dass es ein bloßer Schwindel ist? Es ist nichts. Stinkt überall. Was wir brauchen, ist eine chirurgische Operation dieses trägen moralischen Muskels der Gesellschaft. Ich glaube nicht, dass sie falsch liegen, wenn sie die Waffe ergreifen. "Psst !" Subhaan, sichtlich erschrocken, legte seine zitternden Finger auf Akbars Lippen.

Gerade zu dieser Zeit weckte ein Klopfen an der Tür die ganze Familie auf. Subhaan geriet in Panik. Er wusste nicht, warum.

Akbar war dabei, sich auf die Tür zuzubewegen, während er gewaltsam zur Seite gedrückt wurde.

Noor Jehan hörte auf, mit einem Topf Kahwah (grüner Tee mit Safran, Kardamom und Mandeln) zu hetzen.

Subhaan öffnete die Tür und stieß auf ein lächelndes Grinsen. Es waren große S.S. Sinha.8 Raj Gewehre.

"Liyaquat!" Murmelte Subhaan vor sich hin. Er kannte diesen nackten Liyaquat-Offizier wegen seiner Grausamkeit und seiner tödlichen Leidenschaft. Ghulam Muhammad Tantrys Kopf neigte sich von einem Sessel, in den er eingetaucht war. Der Major verbreitete sein Grinsen.

"Tut mir leid, dich zu stören, Ghulam Sahaab. Ich möchte Akbar für eine Stunde mitnehmen und ihn selbst zurückbringen. Bitte haben Sie Geduld, meine Herren.

»Warum ich, Sir?«, fragte Akbar erstaunt.

Diesmal griff Gulam Mustafa ein.

"Major Saab, er ist gerade zu Hause, hat nicht zu Mittag gegessen oder sogar Naasta". Seine verstörte Seele konnte nicht umhin, auffällige Angst um seinen Enkel zu zeigen.

"Wofür - Sir", fragte Subhaan.

"Für eine einfache puchh-tachh (Befragung)

"Aber er ist in nichts verwickelt. Hat gerade seinen Abschluss gemacht. Wir machen uns auf den Weg zum B.Ed. Kurs. Immer ein Einzelgänger. Hält sich 500 Meter von der Politik fern "Relax! Wir haben noch nicht gesagt, dass er in irgendetwas verwickelt ist. Wir wollen nur ein paar Informationen.

Wissen Sie, Informationsjagd ist unsere Pflicht ......?

„Wenn ich nichts weiß, wie kann ich Auskunft geben"? Akbar sammelte etwas Mut. "Ok, ok, wir reden nur über deine Karriere". Major Sinhas Grinsen ließ ihnnicht entspannt zurück.

Ghulam Mohammeds Augen hingen unsicher. Er argumentierte höflich: „Sir, ich habe für dieses Land gekämpft. Kämpfte 1947 mit der Dogra-Polizei, mit den Stammesräubern und danach mit kommunalen Hooligans. Der verstorbene Scheich Abdulla Sahaab hatte Vertrauen in mich. Sein Sohn, der gegenwärtige Ministerpräsident, kam eingeladen in unser Haus. Wir veranstalteten Wazawan zu seiner Ehre............ "der Schwanz seiner Stimme fiel plötzlich in ein Schluchzen

"Keine Sorge! '1 bin in einer Stunde zurück!

Mit Akbar, der ihm widerwillig folgte, verschwand er unter einer Holzbaracke. Sein Auto fuhr am Wirbel der Straße vorbei und blitzte ein ungewöhnliches Licht auf die benachbarten Häuser. Subhaans Familie wurde in einem Zustand völliger Verwirrung zurückgelassen. Noor Jehans leises Schreien wurde lauter. Muneera. Akbars Frau hielt ihren Sohn Azam bei den Händen und stand verblüfft da. Sie verlor sogar den Mut zu weinen. Die Zeit ist abgehakt. Zwei ....drei........vier Stunden verstrichen. Der Abend hatte - wie in seinem Laden - eine lange, lange Nacht. Hin und wieder sprang die Familie beim plötzlichen Bremsen eines Autos vor ihrer Haustür oder dem Geräusch von Schritten, die in der Dunkelheit starben, oder dem Bellen von Straßenhunden auf die Füße. Aber es war alles Illusion. In der Zwischenzeit schlug die Uhr zwölf. Es entleerte das ganze Blut aus dem Gesicht der Familie.

Dennoch kehrte Akbar nicht zurück Es schlug ein ....schlug zwei. Akbar kehrte immer noch nicht zurück. Ghulam Muhammad Tantry ignorierte sein Alter. Eine von ihm geführte Delegation ging zu Major Sinhas Büro. Trotz Kälte und Frost, geschlagen von einem heulenden Wind, wartete die Delegation vor dem Büro des Majors. Die Tür hat sich nicht geöffnet. Sie wurden vom Sicherheitspersonal angewiesen, sich an den Hausoffizier der örtlichen Station zu wenden. Aber Ghulam Muhammad Tantry weigerte sich zu gehorchen. Sein Argument war - sein Enkel wurde nicht wegen eines Verbrechens oder militanter Aktivitäten verhaftet. Das örtliche Senderhaus hatte daher keinen Eintrag in seinem Register. Es war Major Sinha, der Akbar persönlich mitnahm und zu einem Ziel fuhr, das sie nicht kannten. Also, Major Sinha müsste antworten.

Die Sicherheitskräfte griffen auf eine leichte Ladung per Gewehrkolben zurück, um sie zu zerstreuen. Die Situation wurde dadurch angespannter. Der wütende Mob wurde gewalttätig und die Sicherheitsleute wollten einen großen Angriff verüben.

Diesmal erschien ein kühler Major Sinha mit gefalteten Händen. Er versprach, dass Akbar am nächsten Morgen freigelassen würde.

Der erwartete Morgen kam. Es glitt schmerzhaft bis zum Mittag. Mittags bis nachmittags. Nichts passiert ist.

Verstohlen ging er einen Abend spazieren. Es sagte eine ominöse Nacht voraus. Die verängstigte Familie versammelte sich im Salon. Sie unterhielten sich schweigend miteinander.

Gegen acht Uhr war ein zischendes Geräusch - vermutlich von einem Motor - direkt vor ihrer Tür zu hören. Mit großer Erwartung eilte Noor Jehan zur Tür und öffnete sie. Zu ihrer Bestürzung sah sie ein schwarzes Auto - ohne Nummernschild - entweder hinten oder hinten.

Ausgerichtet zwei junge Männer in schwarzem Pheran. Sie erkundigten sich nach Subhaan und baten kühl darum, sie hereinzulassen. Sie warteten nicht auf die Genehmigung und drängten sich in den Speisesaal. Ergriff Besitz von Stühlen. Gefragtes Essen.

Verwirrt servierte Noor Jehan Essen.

Einer der beiden rief Subhaan vor sich her

"Möchten Sie Ihren Sohn davor bewahren, gelyncht oder unter das Jhelum geworfen zu werden"?

Subhaan zitterte. Er erkundigte sich mit zitternder Stimme: „Wo ist Akbar?"

Die schwache Stimme von Ghulam Muhammad Tantry konnte die Eindringlinge nicht erreichen.

"Hat der Major ihn freigelassen?" Mit "ihm" versenkte Tantrys Stimme.

Einer der Eindringlinge zischte: "Er hat dem Major einen Ausrutscher gegeben und ist entkommen."

»Entkommen ? Wohin? Ich schwöre bei Allah, er ist nicht so ein Junge", Subhaan

argumentiert.

Der zweite Mann erzählte mit eisiger Stimme - als würde er ein Geheimnis preisgeben. Akbar hat übergeben

über eine Pistole zum Major". Er begann, sich die Zähne mit der Schneide eines Messers zu putzen.

"Unglaublich", rief die verärgerte Mutter.

"Ob du es glaubst oder nicht, das ist die Wahrheit. Wir haben herausgefunden, wohin er fliehen könnte - kennst du eine Höhle ....oder ?"

Sie blickten nur über die glanzlosen Gesichter. "Wenn du willst, wirst du ihn zurückverfolgen, bevor der Major auf ihn stürzt - aber es kostet" - Der erste Mann versuchte, Subhaan zu lesen.

"Schließlich sind wir Ihre Gratulanten........wir'11 überzeugen den Major... wir wissen, dass er kein

harte Nuss .... sein kann, ist dies sein erstes Vergehen".

Schweigen herrschte.

Aber eine schluchzende Mutter brach es.

•"Wie viel"?

"Es ist nur die Reise hin und her - sagen wir, vom Haus seines Schwiegereltern... zweitausend Dollar werden reichen "Ihre Augen hingen wie die eines Wolfes. Subhaan ging hinein. Sah Muneera, wie sie mit einem goldenen Armreif in der rechten Hand ehrfürchtig dastand. Die Kleine - Subhans Enkel - wurde gesehen, wie sie mit dem Armreif aus ihrer sicheren linken Hand spielte. Subhaans Herz schmolz. Er nahm seine Frau Noorie beiseite und kam nach einer Minute mit dem Geld heraus. Die Augen der Männer glitzerten. Sie zogen sich mit der Beute zurück und hinterließen eine gesetzliche Warnung, niemandem den Mund zu öffnen. Das würde die Freilassung ihres Sohnes verzögern.

Kaum waren sie im Dunkeln verschwunden, wirbelte ein Armeefahrzeug auf und stieg dann zur Tür von Subhaan hinunter. Diesmal öffnete ein erschöpfter Subhaan die Haustür und stellte sich dem Major mit einer Schar von Soldaten gegenüber.

Ohne auf eine Erlaubnis zu warten, trat der Major hinein und besetzte einen Stuhl. Die Soldaten blieben draußen auf der Wache.

"Hallo - alle zusammen", ejakulierte der Major. Dann schickte er seine Augen in die Ferne und fand den schmachtenden Ghulam Muhammad. Er warf dem alten Mann sofort einen Namaste zu. (Namaste = Gruß) Ghulam Muhammad hatte auffällige Sorgenlinien auf dem Boden unter seinen Augen eingraviert.

"Kommen wir zu einer Siedlung, Ghulam Sahaab". Er versuchte, ihn zu lesen

„Abrechnung - wovon"?

"Für deine Ladla - ich meine Aapke Pyara Enkel Akbar - der Unschuldige, der zum Militanten wurde"-

"Major, respektiere zumindest mein Alter"

»Das werde ich, das werde ich. Lekin - kya karun (was kann ich tun)? Es gibt schwere Vorwürfe gegen ihn – dass er Schmuggelwaffen übergeben hat wie............nein, nein, ich werde keine Liste geben. Aber kann eine Vereinbarung treffen......natürlich wie ein Gentleman ....und stellen Sie sicher, die

anfallsliste soll nicht von mir erstellt werden..........aber ....Subhaans Frau spürte, dass etwas nicht stimmte. Sie trat vor und fragte offen: "Wie viel?"

Major Sinha täuschte Gleichgültigkeit vor. Es herrschte eine unbehagliche Stille. Der Entenhals-Mann saß neben ihm und erledigte die Arbeit für ihn.

"Fünfzigtausend Dollar".

Der dritte Mann sprang auf den Anlass zu.

„And a Wazawan - as grand as it could be"

Er hatte gierige und fettige Augen. Subhaan erklärte: "Sir, ich bin ein schlechter Elektriker, arbeiten in der staatlichen Elektrizitätsbehörde"

„Elektriker. Aber nicht arm, Sie haben ein Geschäft - blühend - von Pashmina-Schals" Bin ich richtig?

"Ich bin nur ein Auftragslieferant !....?

Der Major unterbrach "Wir verschwenden unsere Zeit"

Er bat den zweiten Mann, Subhaan zu sagen, dass fünfzigtausend Dollar keine fette Summe für die Freilassung eines militanten Sohnes aus der Haft seien - besonders in diesen turbulenten Tagen, in denen Todesfälle in der Haft so häufig sind.

Das Geschäft wurde mit dreißigtausend Rupien abgeschlossen. Und ein Wazawan.

Die Party ging los und versprach die Freilassung von Akbar am nächsten Morgen.

Der nächste Morgen kam und war weg. Es wurde zu zahlreichen Verknüpfungen hinzugefügt. Alles verlief ereignislos. Der nächste kam. Als Nächstes weg.

Das Warten auf das Nächste war jetzt schwer geworden. Die Familie stand am Rande des Zusammenbruchs.

Kam am Abend des 30. November. Der Major inszenierte eilig, als ob, ein Comeback. Er öffentlich erklärt, dass Akbar in dem Moment, bevor er freigelassen wird, entkommen ist.

Diesmal stand Noor Jehan fest. Sie gewann den Mut, sich dem Major zu stellen.

'Sir', hum jinda mar jaaten hain, thori raham kijiye. (Sir, wir leben, wir sollen tot. Während du lebst, bitte hab Erbarmen mit uns !

Major Sinha pfiff ein kicherndes Geräusch, um seine Solidarität mit der trauernden Mutter auszudrücken.

„In ganz Kaschmir bin ich auf Geschichten von fehlgeleiteten Jugendlichen gestoßen. Pistolen in die Hand nehmen,

sie töten zuerst ihre Eltern, dann Kaschmir, dann Indien. Ich werde versuchen, sie dazu zu bringen,

mainstream des Lebens, das verspreche ich. "

Dies konnte die betroffene Familie nicht zufriedenstellen.

Muneera revoltierte. Sie hatte eine bebende Wut "Du hast ihn für verhör. Es ist deine Pflicht, ihn zurückzugeben. Jeder kommt und spielt mit unseren gefühle". Sie brach in Tränen aus: „Hum kya Khilouna hai ? (Und sind wir nur Spielzeug?)

"Siehst du, ich kann keine Tränen tolerieren, ich bin hierher gekommen, um deine Tränen zu entfernen. Damit du nicht am Leben bleibst unter ständiger Tränenandrohung ".

Niemand war daran interessiert zuzuhören. Der Major war innerlich wütend. Aber er hat sein Versprechen erfolgreich begraben und erneuert. „Ich werde versuchen, ihn der Familie zurückzugeben".

Ghulam Muhammad konnte einem grausamen Sarkasmus nicht widerstehen, Meherbani karke usko jinda waapasdijiye ". (sei so freundlich, ihn lebend zurückzugeben) Versprechen erneuert. Versprechen sind in Vergessenheit geraten. Akbar wurde zu einem Rätsel. Tränen trockneten aus. Ängste ermutigten die Familie, einen Protest zu starten. Am 14. Dezember reichte die Familie bei der örtlichen Polizeistation eine Beschwerde gegen Major Sinha ein. Die neu erstellten wellen in den Sicherheitskreisen. Wellen machten Wellen, als die Menschenrechtler intervenierten. Die Situation verschlechterte sich. Der Ort erlebte eine Reihe von Razzien. Die Anzahl der Kämmoperationen nahm zu. Mitternachtsüberfälle wurden zur Routine.

In einer solchen Nacht fuhr Major Sinha geradewegs zu Subhaans Haus und zwang alle männlichen Mitglieder heraus und ließ sie in beißender Kälte sitzen, die Hände auf dem Rücken gefesselt.

Er stürzte sich auf Subhaan ; Akbars am Boden zerstörten Vater. Er packte sein Kinn und flüsterte ihm ins Ohr -'11 Werft eine Granate auf euer Haus...........vernichtet euch alle und in der Tiefe von Jhelum landen. Zieh die Beschwerde zurück, du Schwein... Tun Sie, was ich sage, wenn Sie möchten, dass Ihr Sohn jemals freigelassen wird............ ziehen Sie die Beschwerde zurück '

Aber die verhärteten Herzen schmolzen nicht einmal eine Unze. Sie verbeugten sich nicht. Hinzu kam eine Menge Spannung durch die Presse über Akbars mythisches Verschwinden.

Und der Major musste cool agieren. Er fuhr zurück, ohne Aufregung zu erzeugen. Er schwieg zwei lange Tage. Während dieser zwei Tage wechselte Subhaan von Säule zu Säule. Am dritten Tag, nachts, kämmte der Major das benachbarte Dorf Wusan und verhaftete dort einen Abdul Ahmed Dar, einen jungen Mann von einundzwanzig Jahren.

Er wurde mit verbundenen Augen aufgegriffen. Zuerst mit Lathis verprügelt, wurde er für eine Walzenbehandlung eingeplant. Wie lange er von Roller behandelt wurde, wusste er nicht. Mit weichen und schwammigen Knien, Gesäß lila, Fußsohlen fast abgezogen, bettelte Abdul um das liebe Leben. Er begann, Blut in seinen Urin zu leiten.

Der Major gab ihm ein Papier zur Unterzeichnung. Es war ein Geständnis, das lautete - Abdul hatte Akbar in Azadpur, Delhi, gesehen, während er selbst dort bleiben musste, aus Angst, von der Polizei festgenommen zu werden.

Am nächsten Tag hielt der triumphierende Major eine Pressekonferenz ab, fütterte die anwesenden Journalisten mit Tandoori-Huhn und verriet das Geheimnis.

Dann kam er direkt zu Subhans Haus mit dem Geständnis von Abdul Ahmed Dar.

Er sah absolut entspannt und erstaunlich frisch aus. „Hallo, Ghularn Sahaab, ich habe dir gesagt, wiederholt, dass Ihr Enkel nicht so unschuldig war, wie Sie ihn sich vorgestellt haben ".

Ghulam Muhammad antwortete nicht.

"Ihr Leute glaubt uns nicht, obwohl wir viel versucht haben, euer Vertrauen zu gewinnen. Siehst du, derselbe Major ist zu dir gekommen, um zu sagen, wo Akbar ist" ?

»Wo ist er?«, fragte eine kranke Mutter.

"Warte, warte, ich bin hundemüde. Ich würde lieber später kommen."

Er wurde mit Nonne und Hammel-Yakhni bedient. Kaffee am Ende. Beim Kaffee trinken fühlte sich der Major energisch genug an, um ein kompliziertes Design zu weben.....

Er rief Subhaan an und flüsterte ihm ins Ohr: „Du gehst sofort nach Delhi. Akbar war zuletzt gesehen in Azadpur"

Sein Gesicht änderte dann seine Farbe. Subhaan zitterte bis auf die Nägel. "Wenn du es nicht tust, werde ich selbst hingehen und Akbar dort töten. Hörst du mich ?"

Für Subhaan war es mehr als ein Befehl. Er musste gehen. Ein schwacher Hoffnungsschimmer war da - er würde Akbar finden, ihn überreden, sich zu ergeben und den Präsidenten - durch den Chief Minister - um eine Amnestie bitten. Schnell nahm er zwei seiner Verwandten mit und eilte nach Delhi. Vom 23. Januar bis 15. Februar starteten sie eine hektische Suche - in den Häusern ihrer Verwandten - in allen möglichen Unterkünften in Krankenhäusern, sogar auf Polizeistationen. Aber nirgendwo konnten sie Akbar aufspüren. Nur sie konnten einen kaschmirischen Geheimdienstoffizier in Azadpur ausfindig machen. Er zeigte Mitgefühl mit der Familie und versprach eine vorzeitige Freilassung von Akbar. Dafür, versprach er, würde er nach Srinagar fliegen, um Liaquat alias Major S.S.Sinha zu treffen, der zufällig sein Freund war. Alles, was Subhaan tun musste, war, zwanzigtausend Rupien als Kosten für das Flugticket zuzüglich Ausgaben zu zahlen. Nach 3 Tagen zu Hause wurde Subhaan in das Büro des Stationshausoffiziers gerufen.

Dort sah er Liaquat, der sich mit dem kaschmirischen Geheimdienstoffizier herumtrieb. Er brach in ein wildes Lachen aus und klopfte dem Offizier auf den Rücken. "Hast du nicht verstanden, dass ich mich lustig gemacht habe? Hey, ihr Verrückten - hört zu, die wahren Neuigkeiten von Akbar werden euch allen bekannt sein, morgen, wenn wir Abdul Ahmed Dar freigeben - den einzigen Augenzeugen von Akbars Flucht ! Also, lasst uns auf den Morgen warten. "

An diesem Abend rief Subhaan jedes Mitglied seiner Familie in den Salon. Er erklärte müde, dass er zu Ehren des Ministerpräsidenten einen zweiten Wazawan veranstalten werde. Niemand außer dem Chief Minister konnte helfen, seinen vermissten Sohn aufzuspüren. Aber er hatte kein Geld mehr für die Zeremonie übrig, da er selbst das letzte Paisa, das er hatte, für Akbars Freilassung ausgeben musste. Sein Kopf senkte sich, die Augen voller Verzweiflung, und er bat jedes Mitglied, seine Milbe zur Sache beizutragen. Das taten sie. Der alte Ghulam Muhammad brachte eine Goldmedaille hervor, die ihm für seinen beispielhaften Kampf gegen die Räuber in Kaschmir verliehen wurde - in Erinnerung an die Tage Abdullahs. Subhaan verkaufte alle Ornamente außer der Goldmedaille. Er dachte, er würde dies dem Chief Minister zeigen, während er eingeladen und in seinem Haus empfangen wird. Vielleicht würde der Chief Minister etwas für den Jungen tun, dem er vor zehn Jahren versprach, einen direkten Offizier zu machen. Sie begannen sich den ganzen nächsten Tag auf den Wazawan vorzubereiten. Er verlor jegliches Interesse, ob Abdul Ahmed Dar aus dem Dorf Wusan am Morgen freigelassen wurde oder nicht.

Noor Jehan war damit beschäftigt, den Samowar zu reinigen. Sie war jetzt die Waza (die Chefköchin). Sie überwachte alles. Die Gerichte wurden sorgfältig gezählt. Die Zutaten für das Essen wurden von ihr persönlich ausgewählt. Subhaan hatte alle erlesensten Köstlichkeiten gekauft, einschließlich Methi* und Tabakmaaz. Die Vorbereitung auf den Raganjosh und Rista war voll und ganz zufriedenstellend. Fünfgängiges Kebab-Mutton-Hühnerlamm, Hariyali und Kalb wurden ebenfalls aussortiert und sorgfältig aufbewahrt. Sechsgängiges Gemüse wurde ausgewählt, gereinigt und in Körbe gefüllt. Und der letzte - der exklusive Gustaba, Phirni und ein spezieller Kahawa......

*methi – Bockshornkleeblätter.

*tabakmaaz – ungewürzte Rippenschnitte (von Hammelfleisch) gebraten knusprig

*raganjosh – spezielle Stücke Hammelfleisch, gewürzt mit Kaschmir-Chilis

*gustaba – gehämmerte Fleischkugel in Joghurt gekocht.

Subhaan ging in den frühen Morgenstunden des nächsten Tages nach Srinagar. Diesmal war er entschlossen, den Chief Minister persönlich in den Wasawan einzuladen. Er würde ihn sowieso erreichen und sagen: "Ich bin Subhaan, Sohn von Ghulam Muhammad Tantry, ein enger Mitarbeiter des verstorbenen Scheichs Muhammad Abdulla, Sher-i-Kashmir, und ich möchte einen Wazawan zu Ihren Ehren veranstalten, Sir............

Subhaan schaffte es, Srinagar zu erreichen, konnte aber den Chief Minister nicht erreichen.

Bei Zero Bridge wurde er von den Sicherheitskräften festgenommen, in Gewahrsam genommen und gnadenlos geschlagen. Sie zeigten auf seiner Person die zerklüftete Karte von Kaschmir. Sie wollten auch einen Kebab aus seinem Fleisch machen, aber trotzdem zurückhaltend. In Haft durfte er Manzoor Ahmed Naikoo aus dem Dorf Wusan treffen. Er traf Naikoo, der Subhaan erzählte, dass Liaquat Abdul Ahmed Dar, seinen Sohn, endlich von allen Authentifizierungen befreit hatte, die Subhaan zunächst nicht verstehen konnte. Er starrte Naikoo an. Sagte: „Was ist mit deinem Sohn?" Subhaans Augen sahen leer aus. "Seine zersetzte Leiche war von einem Bauern entdeckt worden, als er sein Land pflügte." Subhaans Augen flackerten nur. Jetzt hatte er nur noch eine Person übrig, den Chief Minister, der eine Freilassung seines Sohnes arrangieren konnte.

Hinweis: Für interessierte Leser ist Subhaan jetzt freigegeben und auf den Straßen zurückgelassen. Er ist jetzt ein Nomade. Er spricht nicht, sondern bettelt mit den Augen. Während er bettelt, akzeptiert er keine Münze. Er will nur Geldscheine. Oft haben die Leute gesehen, wie er das Geld gezählt hat. Er spricht nur einmal, während er zufällig einen Armeekommandanten trifft. Er betet vor ihm: "Bitte lass mich den Chief Minister treffen, ich lade ihn zu einem Wasawan ein. Sehen Sie, das ist die Goldmedaille, die mein Vater erhalten hat - mein Vater - ein Freiheitskämpfer von 1931...bitte sagen Sie dem Chief Minister, er soll seine Männer anweisen, Akbar herauszufinden, den er 1987 als bloßen Jungen gesehen hat und versprochen hat, einen direkten Offizier zu machen... Bitte sagen Sie es uns. Ich habe mich zu seinen Ehren auf einen Wazawan vorbereitet.... Bitte sagen Sie ihm........

www.ingramcontent.com/pod-product-compliance
Lightning Source LLC
LaVergne TN
LVHW041628070526
838199LV00052B/3281